DEBUT D'UNE SERIE DE DOCUMENTS
EN COULEUR

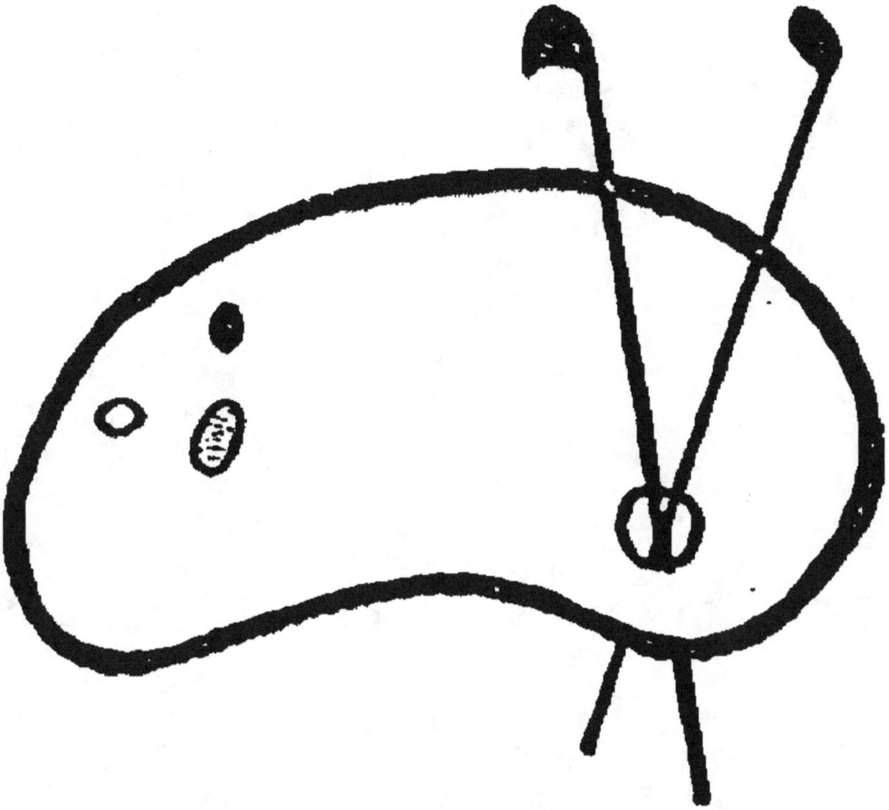

170

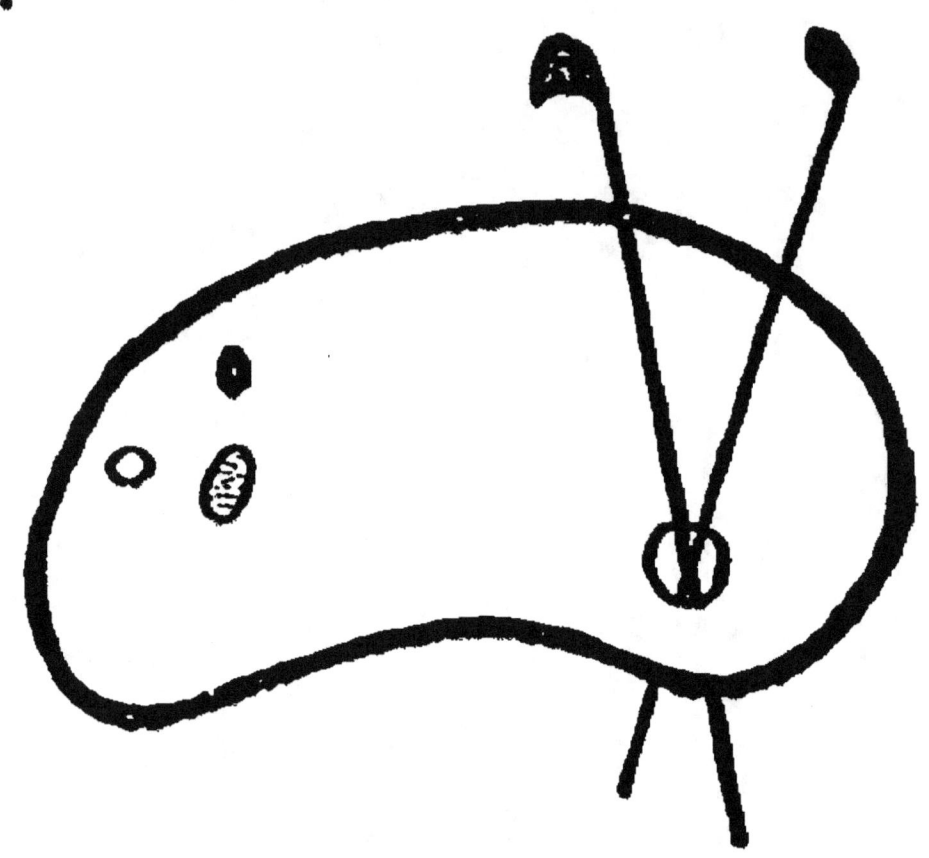

FIN D'UNE SERIE DE DOCUMENTS
EN COULEUR

LES

VEILLÉES DU CHATEAU

———

2ᵉ SÉRIE GRAND IN-8°

Un très bon lit de sangles.... (page 17)

LES
VEILLÉES DU CHATEAU

PAR

Madame DE GENLIS

PRÉCÉDÉ D'UNE NOTICE

PAR

Léon CHAUVIN

Directeur honoraire d'École normale.

—

HUIT GRAVURES

—

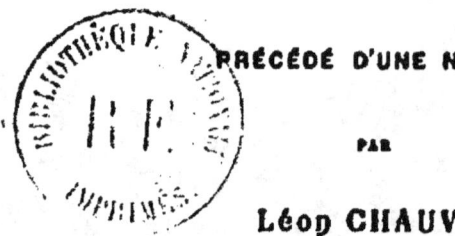

LIMOGES

EUGÈNE ARDANT ET Cⁱᵉ

ÉDITEURS

LES VEILLÉES DU CHATEAU

NOTICE SUR MADAME DE GENLIS

Stéphanie-Félicité du Crest de Saint-Aubin est née, en 1746, à Champcéri (Bourgogne). Elle suivit sa mère à Paris, vers 1756, et, à seize ans, elle épousa le comte de Genlis, qui, sous le nom de marquis de Sillery, devait périr sur l'échafaud le même jour que les Girondins.

Mᵐᵉ de Genlis était nièce de Mᵐᵉ de Montesson, épouse secrète du duc d'Orléans, et c'est par l'intermédiaire de celle-ci qu'elle fut admise, en 1770, comme dame d'honneur dans la petite cour du Palais-Royal. Quelques années après, elle reçut la charge de gouvernante des filles, et même des fils, du duc de Chartres, plus tard duc d'Orléans (Philippe-Egalité). Elle compta donc, parmi ses élèves, le futur roi Louis-Philippe.

Au début de la Révolution, elle émigra en Suisse, puis en Allemagne, et ne rentra en France qu'en 1801. Le Premier Consul lui servit une pension annuelle de 6.000 francs, en échange d'une correspondance régulière portant sur l'étiquette et les usages de l'ancienne Cour, sur des sujets de littérature, de politique, d'éducation, etc., et il créa pour elle le titre d'*Inspectrice des écoles primaires*. Le gouvernement de la Restauration lui fut moins favorable : elle ne jouit plus que d'une petite pension accordée par le duc d'Orléans. Sa mort, en 1830, coïncida avec l'avènement au trône de son ancien élève.

7

« Mme de Genlis, dit M. Compayré, a certainement droit à figurer au premier rang dans la liste des éducatrices de notre temps. Elle a eu au plus haut degré la vocation de l'enseignement... Dès l'âge de sept ans, elle jouait à l'*institutrice*, comme les autres petites filles jouent à la *maman* avec leur poupée ».

Sainte-Beuve avait dit de son côté : « Mme de Genlis était une femme *enseignante*; elle était née le signe au front... La manière dont elle conçut et dirigea l'éducation des enfants d'Orléans est extrêmement remarquable... Elle les mit sans tarder aux langues vivantes, aux connaissances usuelles, aux choses du corps et de l'esprit, menant le tout concurremment. Par exemple, l'été à Saint-Leu, chacun de ses élèves avait un petit jardin, qu'ils cultivaient eux-mêmes, et le jardinier qui les dirigeait ne leur parlait qu'en allemand. Mais si l'on jardinait en allemand, on dînait en anglais, on soupait en italien; le français se parlait bien assez dans les intervalles. A la promenade, un pharmacien botaniste suivait les jeunes princes pour leur apprendre les plantes. Un Polonais, dessinateur habile, avait peint pour eux l'histoire sainte, l'histoire ancienne, celle de la Chine et du Japon : tous ces tableaux d'histoire composaient une « lanterne magique » amusante autant qu'instructive... Elle inventa également une série d'exercices gymnastiques, alors inconnus : les exercices des *poulies*, des *holtes*, les *lits de bois*, les *souliers de plomb*. En un mot, dans toute cette partie de sa carrière, elle se montra ingénieuse, inventive, pleine de verve et d'à propos : elle avait rencontré vraiment la plénitude de son emploi et de son génie ».

Enfin, pour parachever l'éducation de ses élèves, et pour propager ses idées, elle a eu recours à sa plume : elle a créé un *Théâtre d'éducation* (1779) où, par les *allusions*, les *instructions indirectes*, elle pratiquait le

procédé favori de Fénelon, de Mme de Maintenon et de
Rousseau; elle a écrit des romans éducatifs : *Adèle et
Théodore* (1782), qu'elle oppose à l'*Émile* et à la *Sophie*
du philosophe de Genève; les *Veillées du Château* (1784),
où elle montre comment peut être comprise et donnée
l'éducation au foyer domestique, etc.

Les critiques ont d'ailleurs fait, avec de justes raisons,
des réserves sur les mérites de Mme de Genlis. Ainsi elle
a dépassé la mesure dans l'application des conseils,
excellents en principe, donnés par les maîtres dont elle
s'est inspirée; elle a surtout abusé de l'*intuition sensible*, de ce que nous appelons, en style d'école, l'*enseignement par l'aspect*, ou encore la *leçon de choses*.

Très avide de connaissances pour elle-même, elle a
voulu tout apprendre, et son savoir était plus brillant que
solide; par suite, le programme encyclopédique imposé
à ses élèves et préconisé dans ses livres est entaché du
même défaut.

D'autre part, ses œuvres, spirituelles et très vivantes,
sont gâtées souvent par le romanesque et la sensiblerie
qui étaient de mode au XVIIIe siècle, mais qui jurent avec
le goût littéraire de l'époque actuelle.

Mais ne soyons point trop sévères : si maints ouvrages
de Mme de Genlis sont oubliés, il en est plusieurs qui se
lisent encore avec profit et agrément. Les *Veillées du
Château* sont de ce nombre.

L'auteur y met en scène une famille qui séjourne habi-
tuellement à Paris. Mais la guerre a éclaté, et le chef de
cette famille, officier dans l'armée royale, a dû s'équiper
à grands frais : alors, par raison d'économie, sa femme
et ses enfants se sont retirés au château de Champcéri.
On y passe de longs mois. Pendant le jour, les enfants
étudient ou prennent de l'exercice en plein air sous la
direction d'un précepteur et sous la haute surveillance

d'une mère, aussi prévoyante qu'affectueuse. Le soir, sur la terrasse ou autour du foyer, selon la saison, on raconte des histoires qui amusent les jeunes, cultivent leur imagination et les dispose à la vertu.

Nos lecteurs trouveront dans le présent volume sept de ces récits, choisis parmi les plus intéressants.

L. CHAUVIN.

Delphine, fille unique et riche héritière... (page 11)

DELPHINE

OU L'HEUREUSE GUÉRISON

Delphine, fille unique et riche héritière, avait une naissance illustre, une jolie figure, de l'esprit, et un bon cœur. Mélite, sa mère, était veuve, et l'aimait uniquement; mais, en même temps, Mélite avait trop de faiblesse pour être en état de donner une bonne éducation à sa fille. Cependant, à neuf ans, Delphine avait déjà plusieurs maîtres; mais elle n'apprenait rien, et ne montrait du goût que pour la danse. Elle prenait toutes ses autres leçons avec une extrême indolence, et communément elle les abrégeait de moitié, en se plaignant qu'elle était fatiguée, ou qu'elle avait mal à la tête. «Je ne veux point qu'on la contrarie, répétait sans cesse Mélite; elle est d'une constitution délicate; trop d'application nuirait à sa santé. »

Les fruits d'une bonne éducation, un caractère égal et doux, de l'instruction, des talents, rendent notre société charmante, et nous procurent à nous-mêmes une source inépuisable d'amusements et de bonheur; tandis que les personnes mal élevées, toujours à charge aux autres, éprouvent tous les dégoûts et tout l'ennui que doivent causer l'ignorance, l'oisiveté, les travers de l'esprit et les défauts du cœur. Aussi Delphine, caressée, flattée, gâtée, était-elle la plus malheureuse enfant de Paris. Chaque jour on voyait sa bonté naturelle s'altérer, et son caractère se corrompre. Elle devint capricieuse, vaine, indocile; elle ne pouvait supporter l'ombre de la contrariété. Bientôt elle ne se contenta pas de se soustraire à l'obéissance, elle voulut commander; elle donnait des ordres dans la maison, traitait les domestiques avec hauteur, les faisait gronder souvent, et quelquefois se plaisait à s'entretenir avec eux : tour à tour dédaigneuse et familière, confondant l'arrogance avec l'élévation, et la bassesse avec l'indulgence et la bonté; blasée sur la flatterie, et ne pouvant s'en passer; remplie de fantaisies, et n'ayant pas un seul goût véritable; excédée de ses poupées, de ses joujoux; en même temps, enviant tout ce que les autres possédaient, parce qu'elle manquait également de justice et de modération.

N'ayant aucun empire sur elle-même, elle se mettait en colère pour le plus léger sujet, et boudait sans raison. Ensuite elle s'affligeait d'avoir été injuste et faible; elle pleurait, elle sentait ses torts, et n'avait pas la force de se corriger. Gourmande, elle se nourrissait, non de bons aliments, mais de confitures, de biscuits et de bonbons, et elle avait continuellement mal au cœur et à l'estomac. Il est vrai que Mélite, sa mère, voulait qu'elle fût excessivement gênée dans son corset. Delphine elle-même était charmée de s'entendre citer comme la jeune personne de son âge la plus mince et la mieux faite, et cette ridicule vanité lui faisait supporter sans murmure le supplice d'être serrée de manière à pouvoir à peine respirer. Delphine, qui souffrait un semblable tourment sans se plaindre, était pourtant délicate à l'excès : elle ne se promenait que très rarement à pied, et jamais en hiver; elle craignait le vent, le froid, le soleil, la poussière. Enfin, pour vous rendre compte de toutes ses faiblesses, elle avait peur en voiture, et elle se trouvait mal en voyant une araignée ou une souris.

Cependant, loin de se fortifier en grandissant, sa santé s'affaiblissait chaque jour; et bientôt Mélite en fut assez inquiète pour appeler un médecin, qui dit que l'état de Delphine n'avait rien

de dangereux, mais qu'il fallait lui procurer
beaucoup d'amusement et de dissipation. Alors
Delphine fut accablée de joujoux, de présents.
Comme on lui passait toutes ses fantaisies, elle
en avait régulièrement dix ou douze par jour,
toutes plus étranges les unes que les autres. Par
exemple, un soir de fête à Versailles, elle voulut
avoir Léonard pour coiffer sa poupée; on lui fit
à ce sujet quelques représentations; elle s'em-
porta, brisa sa poupée, pleura de rage, et eut une
attaque de nerfs très effrayante. Son caractère se
gâtant de plus en plus, elle devint véritablement
odieuse par l'excès de sa violence, sa mauvaise
humeur et ses caprices : tout l'irritait ou la déses-
pérait, et elle éprouva que l'on souffre plus encore de ses propres défauts qu'on ne peut en faire
souffrir les autres.

Enfin la malheureuse Delphine, insupportable à tout ce qui l'entourait, tomba dans une
espèce de consomption qui fit tout craindre pour
sa vie. Elle avait alors dix ans. Plusieurs médecins sont consultés; ils déclarent tous que l'état
de Delphine est mortel.

Mélite, au désespoir, eut recours à un fameux
médecin allemand, nommé le docteur Steinhausse. Ce dernier examina Delphine avec la
plus grande attention, et la suivit quelque temps;
ensuite il dit qu'il répondait de sa vie, si on voulait la lui laisser conduire à son gré. Mélite n'hé-

sita pas, et répondit au docteur qu'elle remettait
sa fille entre ses mains.

— Mais, Madame, reprit le docteur, il faut me
permettre de l'emmener à ma maison de campagne....

— Comment?... ma fille?...

— Oui, Madame; sa poitrine commence à s'attaquer, et le premier remède que je lui prescri-
rais serait de passer huit mois dans une étable à
vaches.

— Mais je puis avoir une étable chez moi.

— Non, Madame; je ne la conduirai qu'à condition qu'elle sera dans ma maison, et sous la
direction de ma femme...

— Mais, Monsieur, vous permettrez que sa
gouvernante et sa femme de chambre la suivent?

— Non, Madame; et même, si vous me la
confiez pendant huit mois, il faut encore vous
décider à passer tout ce temps sans la voir; car je
veux être le maître absolu de l'enfant, et la gou-
verner sans éprouver de contradiction.

A ces mots, Mélite s'écria que ce sacrifice serait au-dessus de ses forces; elle accusa le docteur de cruauté et de bizarrerie; et ce dernier,
inébranlable dans sa résolution, la quitta sans
paraître ému de ses reproches. Cependant la
réflexion calma bientôt Mélite, qui songea que
tous les médecins condamnaient Delphine, et
que le docteur allemand répondait de sa vie.
Elle le renvoya chercher avec empressement. Le

docteur revint, et Mélite, non sans verser beaucoup de larmes, consentit à remettre sa fille entre ses mains. Il m'est impossible de vous dépeindre la douleur et la colère de Delphine, quand on lui déclara qu'elle allait partir tête à tête avec madame Steinhausse, la femme du docteur, qui vint exprès la chercher pour la conduire à sa maison de campagne.

On n'osa, dans le premier moment, ni lui annoncer qu'elle quittait Paris pour huit mois, ni lui parler de l'étable qu'elle allait habiter; mais, malgré ces ménagements, elle fit éclater le désespoir le plus violent; et il fallut la porter de force dans la voiture de madame Steinhausse, qui la prit dans ses bras, et l'asseyant sur ses genoux, donna ordre au cocher de partir; ce qu'il exécuta sur-le-champ.

Sur les six heures du soir, on arriva dans la vallée de Montmorency, à cinq lieues de Paris, et l'on entra dans la petite maison du docteur Steinhausse. Figurez-vous l'indignation de l'impérieuse et fière Delphine, quand on la conduisit dans l'*appartement* qui lui était destiné.

— Où me menez-vous? s'écria-t-elle; quoi! dans une étable! Fi donc, l'horreur! quelle odeur affreuse! sortons d'ici.

— Mademoiselle, reprit doucement madame Steinhausse, cette odeur est très saine... et surtout pour vous...

— Quelle idée! sortons, vous dis-je. Conduisez-moi dans la chambre où je dois coucher...

— Vous y êtes, Mademoiselle...

— Comment, j'y suis !...

— Mais oui : voilà votre lit, et voici le mien ; car je ne vous quitterai point...

— Qui ? moi !... je coucherais ici, dans une étable ! dans un lit semblable !...

— Un très bon lit de sangles...

— Vous plaisantez, sans doute...

— Non, Mademoiselle ; je vous dis la vérité : cette odeur, qui, malheureusement vous déplaît, est très salutaire dans la situation où vous êtes ; elle vous rendra la santé ; et c'est pourquoi mon mari a décidé que vous resteriez dans cette étable une grande partie du temps que vous passerez ici.

Madame Steinhausse aurait pu parler plus longtemps, Delphine n'était pas en état de l'interrompre. La malheureuse enfant, suffoquée de colère, tomba sur son lit sans pouvoir proférer une parole. Madame Steinhausse connut, à la rougeur de son visage et au gonflement de son cou, qu'elle étouffait. Elle lui ôta son collier, et la délaça ; Delphine reprit la faculté de respirer, et s'en servit pour jeter des cris faits pour effrayer une personne qui aurait eu moins de sang-froid que n'en possédait madame Steinhausse, qui, dans cette occasion, garda le plus profond silence. Mais enfin, au bout d'un quart d'heure, voyant que Delphine ne s'apaisait pas :

— Mademoiselle, dit-elle, je me suis chargée

de garder une enfant malade, mais non pas une
folle : ainsi bonsoir; je reviendrai quand cet
accès sera passé totalement...

— Quoi! vous m'abandonnez?...

— Non : une de mes servantes restera avec
vous...

— Une servante!...

— Oui, une excellente fille, très patiente, très
douce... Catau !... Catau !...

A la voix de sa maîtresse, Catau accourt : madame Steinhausse sort de l'étable; et voilà Delphine tête à tête avec Catau, une grosse et grande
servante allemande bien robuste, et qui ne sait
pas un mot de français.

Aussitôt que Delphine l'aperçut, elle se préci-
pita vers la porte, dans l'intention de sortir: Catau
s'opposa à ce dessein en fermant la porte et en
mettant la clef dans sa poche. Delphine, outrée,
dit à la servante qu'elle voulait avoir cette clef.
Catau ne pouvait répondre, puisqu'elle n'entendait pas le français; mais elle sourit de l'air mutin
de Delphine, et, après avoir regardé un moment
cette petite figure aussi ridicule que comique,
elle s'assit tranquillement et se mit à tricoter.
Ce sang-froid augmenta la colère de Delphine;
le visage enflammé, les yeux étincelants, elle
s'approcha de la servante et lui dit mille injures.
Catau, étonnée, lève la tête, la regarde, hausse
les épaules, et continue son ouvrage. Cet air de
mépris achève de pousser à bout l'orgueilleuse

Delphine. Furieuse, hors d'elle-même, elle ne trouve plus d'expressions qui puissent peindre ce qu'elle éprouve; elle était debout à côté de la servante assise, qui, la tête penchée sur son ouvrage, ne la voyait pas. Delphine, ayant absolument perdu l'usage de la raison, se recule d'un pas, lève le bras, et donne un soufflet bien appliqué sur la fraîche et grosse joue de Catau. A cette attaque imprévue, Catau s'émeut un peu, mais elle prend sur-le-champ son parti : elle détache sa jarretière; ensuite elle saisit Delphine, et avec la jarretière elle lui attache bien solidement les mains derrière le dos. Delphine eut beau crier et se débattre, elle fut garrottée de manière à ne pouvoir faire aucun usage de ses mains. Alors elle commença à comprendre qu'il est absurde de se révolter contre la nécessité; la rage dans le cœur, elle cessa de crier, et s'assit sur une chaise, attendant avec impatience le retour de madame Steinhausse, dans l'espoir que cette dernière consentirait à chasser la silencieuse et flegmatique Catau.

Madame Steinhausse arriva enfin en tenant par la main la plus aimable enfant du monde; c'était Henriette, sa fille, âgée de douze ans. Delphine, en voyant entrer madame Steinhausse, s'avança vers elle, et, lui montrant ses mains, elle se plaignit amèrement de ce qu'elle appelait l'insolence de Catau; mais elle oublia de parler du soufflet. Madame Steinhausse se retourna vers

la servante et l'interrogea. Catau, au grand
étonnement de Delphine, répondit en allemand,
et se justifia en deux mots. Alors madame Steinhausse, adressant la parole à Delphine, lui reprocha son emportement.

— Mademoiselle, dit-elle, voyez à quoi vous
exposent la hauteur et la violence. Vous avez in-
dignement abusé de l'espèce de supériorité que
votre rang vous donne sur cette fille, et vous l'a-
vez forcée de manquer à tous les égards qu'elle
vous doit. Si vous voulez que vos serviteurs ne
s'écartent jamais du respect que vous êtes en
droit d'attendre d'eux, traitez-les toujours avec
douceur et avec humanité.

En disant ces mots, madame Steinhausse dé-
liait les mains de Delphine, qui écoutait avec
surprise un langage si nouveau pour elle. Plus
humiliée que touchée par cette leçon, elle en
sentit cependant la justesse; mais, gâtée par
l'adulation, elle n'était pas encore en état de goûter et d'aimer la raison et la vérité. Madame
Steinhausse présenta sa fille à Delphine, qui la
reçut assez froidement. Un moment après on servit le souper. A dix heures, Catau déshabilla la
triste Delphine. Elle l'aida à se coucher sur son
petit lit de sangles; et Delphine, bien fatiguée,
apprit qu'il est possible de dormir d'un très bon
sommeil dans un mauvais lit et dans une étable.

Le lendemain, le docteur vint voir Delphine
à son réveil, et il lui ordonna d'aller se promener

une heure et demie avant le déjeuner. Delphine
trouva cette ordonnance très dure; elle opposa
quelque résistance; mais, à la fin, il fallut obéir.
On la conduisit dans un très vaste verger. Delphine, quoiqu'il fît le plus beau temps du
monde (on était au mois d'avril), se plaignit du
froid, du vent, assura qu'elle avait mal au pied,
et pleura pendant toute la promenade; mais elle
se promena. On la ramena dans son étable, mourant de faim, et elle mangea avec appétit, pour
la première fois depuis un an. Après 'e déjeuner,
elle ouvrit la cassette qui renfermait ses bijoux,
croyant qu'en étalant toutes ses richesses aux
yeux de madame Steinhausse et d'Henriette elle
obtiendrait de leur part beaucoup plus de considération. Remplie de cette idée, Delphine, avec
orgueil, tire de son écrin un beau collier de perles
fines, et l'attache à son cou. Elle met à ses
oreilles des mirzas d'émeraudes, et place dans sa
tête une étoile et un papillon de diamants. Ensuite elle va s'asseoir gravement vis-à-vis d'Henriette, qui brodait à côté de sa mère. Henriette,
au mouvement que fit Delphine en s'approchant
d'elle, leva les yeux, la regarda froidement, et
au moment même continua son ouvrage. Delphine, étonnée du peu d'effet que produisait sa
parure, et voulant attirer l'attention d'Henriette,
lui offrit du bonbon, en lui présentant une
superbe boîte de cristal de roche, ornée d'une
charnière de brillants. Henriette prit une dragée,

mais sans louer la bonbonnière. Alors Delphine lui demanda *comment elle trouvait sa botte.*

— Mais, dit Henriette, je la crois bien lourde : une boîte de paille serait plus agréable à porter...

— De paille !...

— Oui ; comme la mienne, par exemple ; tenez, regardez combien elle est jolie !...

— Mais savez-vous le prix de celle-ci ?...

— Qu'importe le prix ! c'est de l'agrément qu'il s'agit...

— Et la beauté de l'ouvrage ?...

— Oh ! la vôtre est plus belle : elle ornerait mieux une boutique ; mais pour une poche, la mienne vaut mieux.

— Ainsi donc vous ne faites aucun cas de ces belles choses ?

— Non, quand elles sont gênantes, incommodes.

— Aimez-vous les diamants ?...

— Je trouve, quand on est jeune, qu'une guirlande de fleurs sied mieux qu'une aigrette de diamants.

— Et lorsqu'on n'est plus jeune, ajouta madame Steinhausse, nulle parure ne peut embellir.

A ces mots, Delphine tomba dans la rêverie. Elle éprouvait une certaine tristesse qu'elle n'avait jamais ressentie. Cependant madame Steinhausse lui en imposait assez pour la forcer à se contraindre ; et, n'osant témoigner son dépit, elle prit le parti du silence.

Au bout de quelques minutes, madame Steinhausse reprenant la parole, et s'adressant à Delphine :

— Puisque vous aimez les boîtes, Mademoiselle, lui dit-elle, je vous en montrerai d'assez jolies.

— Ah! oui, reprit Henriette : maman en a de charmantes, entre autres, des dentrites...

— Des dentrites! interrompit Delphine, qu'est-ce que cela?...

— On donne ce nom à des pierres qui, par un hasard et un jeu de la nature, portent l'empreinte des végétaux et des animaux.

Après cette petite explication, Henriette cessa de parler, et Delphine retomba dans la tristesse. Pour la première fois de sa vie, elle fit quelques réflexions.

— Henriette, disait-elle en elle-même, Henriette n'est que la fille d'un médecin, elle n'a pas de bijoux, de diamants; je ne lui vois point de joujoux, elle est toujours occupée, elle travaille sans relâche : pourquoi donc a-t-elle l'air gai, satisfait? pourquoi paraît-elle heureuse, tandis que moi, depuis que j'existe je m'ennuie?

Ces réflexions faisaient soupirer Delphine. Elle se trouvait fort à plaindre : cependant elle s'ennuyait beaucoup moins qu'à Paris. L'entretien de madame Steinhausse et d'Henriette l'intéressait et piquait sa curiosité. Elle ne pouvait s'empêcher de respecter la première, et elle sentait déjà au fond de son cœur un penchant très décidé pour la jeune Henriette.

Sur le soir, elle s'avisa de demander sa poupée et ses joujoux. Madame Steinhausse lui dit qu'on les avait oubliés à Paris, mais qu'elle les aurait dans quatre ou cinq jours. Delphine, malgré l'espèce de crainte que lui inspirait madame Steinhausse, allait témoigner son mécontentement, lorsque Henriette lui proposa d'aller lui chercher de quoi s'amuser pour toute la soirée. Henriette sortit de l'étable, et revint avec Catau, qui apportait deux grands livres d'estampes, l'un renfermant la collection de tous les costumes turcs, et l'autre, celle de tous les costumes russes. Henriette avait une manière si intéressante de montrer ces estampes, elle les expliquait si bien, que Delphine s'amusa véritablement. Avant de se coucher, elle embrassa madame Steinhausse et sa fille, en disant à la dernière :

— J'espère que vous m'apprendrez encore demain quelque chose de nouveau.

Delphine se mit au lit sans humeur ; elle dormit parfaitement, et, à son réveil, elle appela Henriette. Cette dernière, déjà tout habillée, accourut, et voyant que Delphine lui tendait les bras, elle sauta légèrement sur son lit, et se jeta à son cou. Delphine se leva en diligence. Elle ne se fit point presser pour aller à la promenade. Elle prit Henriette sous le bras, et sortit gaiement de l'étable. Arrivée dans le jardin, elle vit courir Hen-

riette, elle admira sa grâce et sa légèreté, et elle
consentit à courir aussi. Ensuite Henriette, apercevant un charmant papillon rose et noir, pro-
pose à sa compagne d'essayer de le prendre.
Aussitôt la chasse commence. Les deux jeunes
filles se séparent. Henriette, comme la plus légère, gagne les devants, et se charge de couper
les chemins au papillon, si Delphine le manque
en approchant de l'arbuste sur lequel il est posé.
Delphine, en effet, s'avance trop brusquement :
le papillon s'échappe et est vivement poursuivi.
Après mille détours, il s'arrête sur une branche
d'aubépine. Delphine, pour cette fois, approche
avec précaution, les bras en l'air, la tête en avant;
elle avance doucement un pied, et puis l'autre.
Enfin elle touche presque au buisson d'aubépine : son cœur palpite, elle retient sa respiration, dans la crainte d'agiter les feuilles; elle
étend une main tremblante, elle croit qu'elle va
saisir sa proie; mais, hélas! le papillon s'envole,
il passe à travers les doigts de Delphine, et même
il y laisse des traces de son passage.

Delphine soupire en voyant sur sa main une
partie de la poussière qui colorait les ailes du joli
papillon. Fatiguée, mais non rebutée, elle veut
le suivre encore; il la conduit, ainsi qu'Henriette, jusqu'au bord d'un fossé assez large qui
séparait le jardin d'un immense verger. Il passe
dans le verger. Henriette, au même instant,
franchit le fossé. Delphine, qui ne sait pas sauter,

ne peut la suivre; et, tandis qu'elle s'en afflige, Henriette atteint le papillon. Delphine l'entend crier : *Victoire!* elle la voit revenir en sautant et en tenant délicatement, par le bout des ailes, son captif, qui s'agite et se débat en vain pour s'échapper.

Sur les neuf heures, madame Steinhausse permit aux deux jeunes amies d'aller déjeuner dans le cabinet d'Henriette. Delphine ne vit dans ce cabinet que des objets absolument nouveaux pour elle : des fleurs desséchées et mises sous verre, des coquilles, des papillons formant de jolis tableaux. Henriette répondait aux questions de Delphine avec sa complaisance ordinaire : elle lui montra tout avec détail. Delphine écoutait Henriette avec autant d'étonnement que de curiosité.

— Combien vous savez de choses! lui disait-elle.

— Moi, reprit Henriette, je ne sais rien encore, je n'ai que des notions confuses et superficielles; mais j'ai le plus vif désir de m'instruire, et j'aime la lecture.

— Vous aimez la lecture! cela est drôle

— Comment, drôle? c'est un goût très commun, je crois.

— Je ne le pensais pas.

— Voulez-vous que je vous prête des livres?

— Volontiers, en attendant que ma poupée soit arrivée.

— Eh bien ! je vais vous en donner.

En achevant ces mots, Henriette prit dans sa petite bibliothèque un beau livre, et le donna à Delphine, qui reçut ce présent avec assez d'indifférence. Madame Steinhausse la reconduisit aussitôt dans son étable, et l'y laissa seule sous la garde de Catau, en lui disant qu'elle reviendrait dans deux ou trois heures.

Delphine, seule dans son étable avec Catau, et n'ayant point de joujoux, s'avisa de chercher dans ses livres une ressource contre l'ennui. Elle se mit à lire, avec assez de nonchalance. Bientôt cette occupation l'intéressa, l'attacha; elle vit avec surprise que la lecture pouvait tenir lieu de beaucoup d'autres amusements. Comme elle réfléchissait sur cette découverte, elle entendit frapper à la porte de l'étable. Catau alla ouvrir, et Delphine vit paraître une vieille paysanne, conduite par une jeune fille de quinze ou seize ans, qui demanda à Delphine si elle était mademoiselle Steinhausse.

— Non, répondit Delphine; mais elle va bientôt venir ici.

A ces mots, la bonne femme pria qu'on lui permît d'attendre Henriette; « car, ajouta-t-elle, il faut absolument que je lui parle ». Dans ce moment, Delphine s'aperçut que la vieille paysanne était aveugle, et elle lui demanda si elle venait avec l'intention de consulter le docteur Steinhausse.

— Ah! vraiment, répondit-elle, je ne serais pas venue de mon chef; c'est mademoiselle Henriette qui m'a envoyé chercher...

— Comment cela?...

A cette question, la bonne femme conta qu'elle habitait Franconville, qu'elle était aveugle depuis trois ans.

— Mademoiselle Henriette a su toute notre histoire, et m'a envoyé chercher dans une carriole, afin que je consulte son cher père, qui a déjà rendu la vue à je ne sais combien de gens qui n'y voyaient goutte.

Comme la bonne femme finissait ces paroles, Henriette arriva; elle embrassa la paysanne et la jeune fille avec la plus tendre affection; elle leur fit beaucoup de questions, mais d'un ton plein d'intérêt, et elle écoutait leurs réponses avec attendrissement. Ensuite, prenant la vieille femme par la main :

— Venez, dit-elle, je vais vous conduire chez mon père; il arrive à l'instant de Paris; venez le consulter.

En parlant ainsi, Henriette, forçant la bonne femme à s'appuyer sur son bras, et, tenant de l'autre main la jeune fille, sortit aussitôt de l'étable.

Cette petite scène fit une forte impression sur Delphine. Jamais Henriette n'avait paru à ses yeux aussi aimable, aussi raisonnable : elle se rappelait avec ravissement ses discours aux deux

paysannes, et surtout l'expression que sa physionomie avait alors. Ce souvenir, en lui repré-
sentant Henriette sous les traits les plus charmants, augmentait son penchant pour elle, et
lui inspirait un désir de lui ressembler qu'elle
n'avait point encore éprouvé.

Au bout d'un quart d'heure, Henriette revint
transportée de joie.

— Que je suis heureuse, dit-elle à Delphine,
d'avoir eu l'idée de faire venir cette bonne
femme! Mon père est sûr de lui rendre la vue : il
lui fera l'opération de la cataracte dans huit
jours, et, à ma prière, il consent à la loger ici et à
la garder jusqu'à ce qu'elle soit entièrement gué-
rie. Concevez-vous mon bonheur, continua Henriette, quand cette femme ne sera plus aveugle?

— Ah! ma chère Henriette, s'écria Delphine
attendrie, je vois en effet combien vous êtes
heureuse, et combien vous méritez de l'être!...

Monsieur et madame Steinhausse, qui survin-
rent, interrompirent cette conversation. Le docteur, comme à son ordinaire, questionna sa
petite malade sur son état.

— Je me trouve déjà beaucoup mieux, lui dit-
elle.

— Je n'en suis pas surpris, dit le docteur en
souriant : les courbatures qu'on prend à Paris
donnent la fièvre; celles qu'on gagne à la campagne, loin d'être dangereuses, procurent de

l'appétit, du sommeil, et ces vives couleurs que vous voyez sur les joues d'Henriette.

Après ce discours, le docteur tâta le pouls de Delphine, et lui ordonna de suivre le même régime jusqu'à nouvel ordre.

Le jour même, Delphine reçut une lettre de sa mère; elle la montra à Henriette, qui, un instant après, sortit et revint en apportant une écritoire et du papier.

— Tenez, dit-elle à Delphine, voilà de quoi répondre à madame votre mère.

A ces mots, Delphine rougit et baissa les yeux, en disant :

— Hélas! je ne sais pas écrire.

— Comment! reprit Henriette, point du tout?...

— Je forme bien quelques grosses lettres; mais voilà tout.

A cet aveu, Henriette, qui vit Delphine humiliée, souffrit de son embarras, et lui dit :

— Il n'est pas étonnant qu'avec la mauvaise santé que vous avez depuis deux ans, votre éducation soit un peu retardée; mais, à présent que vous vous portez mieux, vous pourrez réparer le temps perdu...

— Oh! que je le voudrais! interrompit Delphine. Par exemple, si quelqu'un ici pouvait m'apprendre à écrire...

— Mon écriture n'est pas mauvaise, repartit Henriette, et, si vous le permettez, je serai votre maîtresse.

Pour toute réponse, Delphine jeta ses deux bras autour du cou d'Henriette, et il fut convenu que la première leçon serait donnée le lendemain.

Delphine commençait à rougir de l'excès de son ignorance. Elle aimait, elle admirait Henriette; celle-ci se servait de tout son ascendant sur elle pour l'engager à s'occuper, à s'instruire, et lui offrait de si bons exemples, et en même temps paraissait si parfaitement heureuse, que Delphine ne pouvait résister au désir de l'imiter. D'ailleurs elle trouvait dans sa conversation, et dans celle de madame Steinhausse, un agrément qu'elle goûtait mieux chaque jour : tantôt madame Steinhausse l'entretenait de botanique, de minéralogie; tantôt elle lui contait quelque trait intéressant d'histoire; d'autres fois elle lui parlait de l'Allemagne, des établissements utiles et des curiosités qui se trouvent à Vienne; des superbes collections de tableaux qu'on admire à Dresde, à Dusseldorf; de plusieurs beaux jardins, entre autres celui de Neuwaldeck ou d'Ornback, en Autriche; de celui de Swetsingue, à quatre lieues de Manheim, qui contient une maison de bains délicieuse, une superbe ruine de château d'eau, un beau temple d'Apollon, une magnifique mosquée, et une très grande quantité d'arbres rares. Elle lui faisait la description des charmants jardins de Reinsberg en Prusse. Delphine écoutait tous ces récits avec une extrême attention ; insensiblement elle prenait un attachement véritable pour madame Steinhausse; elle commençait à sentir le prix de ses conseils; elle la priait même de lui en donner; elle lui obéissait sans efforts; elle avait un vrai désir de lui plaire, et elle éprouvait la satisfaction la plus vive quand elle en recevait quelques marques d'approbation.

Cependant Henriette, et par conséquent Delphine, voyaient approcher avec un grand plaisir le jour où l'on devait faire l'opération de la cataracte à la vieille paysanne.

Ce jour intéressant arriva enfin ; Delphine demanda et obtint la permission d'être témoin de l'opération. A midi, Henriette alla chercher la bonne femme et la conduisit dans le cabinet du docteur. Il fit faire silence; la bonne femme se plaça dans un fauteuil; elle désira que sa petite-fille et Henriette fussent à ses côtés. Le docteur commence l'opération; la bonne femme la soutint avec courage... Tout à coup le docteur dit : c'est fait.

Au même moment la paysanne s'écrie :

— Bon Dieu! je ne suis plus aveugle! Agathe! ma fille, je te vois! et mademoiselle Henriette, où est-elle?

Agathe, fondant en larmes, se jette dans ses bras. Henriette, transportée, accourt pour l'embrasser.

Delphine connut enfin que la naissance, les

diamants, les bijoux, ne sauraient nous rendre heureux, et que la bonté seule peut assurer le bonheur de la vie. Delphine enviait le sort d'Henriette, et, en même temps, elle sentait au fond de son cœur s'affermir et s'augmenter encore l'amitié qu'elle avait pour elle.

Le soir, quand elle se trouva dans son étable, tête à tête avec madame Steinhausse, elle se mit sur ses genoux, et, la regardant tendrement :

— Ah ! Madame, lui dit-elle, comment avez-vous pu me supporter jusqu'ici, moi si différente d'Henriette ? Que vous avez dû me trouver haïssable !

— C'est beaucoup de sentir ses torts, reprit madame Steinhausse. D'ailleurs, depuis quelque temps vous vous conduisez infiniment mieux ; chacun remarque en vous un changement en bien très frappant.

— Hélas ! interrompit Delphine, combien je suis loin de ressembler à l'aimable Henriette ! Hier encore, ne me suis-je pas impatientée deux ou trois fois de manière à vous faire hausser les épaules ? Aujourd'hui même, n'ai-je pas brusqué Marianne et voulu faire gronder Catau ? A propos de Catau, ai-je pensé à lui demander pardon du soufflet que j'eus le malheur de lui donner en arrivant ici ? Pauvre Catau ! elle qui est si bonne !... Ah ! Madame, appelez-la, je vous en prie : je veux qu'elle sache combien je me repens.

A ces mots, madame Steinhausse appela Catau, qui vint sur-le-champ. Delphine, s'approchant d'elle, pria madame Steinhausse de servir d'interprète, et fit les excuses les plus franches et les plus touchantes, que madame Steinhausse traduisait à mesure en allemand. Delphine termina en disant avec une grâce ravissante :

— Enfin, ma bonne Catau, si vous me pardonnez, permettez-moi de baiser la joue que j'ai eu l'indignité de frapper.

Catau, attendrie, par respect n'osait avancer; mais Delphine se jeta à son cou, et l'embrassa de toute son âme, car elle sentait que cette action en réparait une bien mauvaise. Catau sortit en s'essuyant les yeux, et en disant en allemand que Delphine était *une charmante petite demoiselle*. Après le départ de la servante, Delphine fit ouvrir une armoire, et en tira une jolie pièce de mousseline :

— Voilà, dit-elle, un présent que je destine à Catau.

— Et pourquoi, demanda madame Steinhausse, ne le lui avez-vous pas donné sur-le-champ?

— Ah! je n'avais garde, répondit Delphine, elle aurait pensé que je voulais par là payer le soufflet qu'elle a reçu. Ce présent alors, au lieu de lui faire plaisir, aurait dû l'offenser. Ce n'est pas, je crois, avec de l'argent qu'on peut réparer un mauvais traitement; Catau m'aurait-elle pardonné de bon cœur, si j'eusse eu l'air de vouloir acheter mon pardon ?

— Vous avez bien raison, dit madame Steinhausse : voilà de la délicatesse ; conservez ces sentiments ; ils feront paraître votre générosité plus noble, et ils donneront à tous vos procédés un charme inexprimable.

Comme madame Steinhausse achevait ces paroles, on vint annoncer un courrier de la part de Mélite. Il apportait une lettre à Delphine, dans laquelle Mélite engageait sa fille à lui demander librement tout ce qu'elle pouvait désirer, et à lui demander quels étaient les joujoux qui lui feraient le plus de plaisir. Après avoir lu cette lettre, Delphine soupira, et priant madame Steinhausse d'écrire pour elle à Mélite, elle lui dicta la lettre suivante :

« Je vous remercie, ma chère maman, de toutes vos bontés ; mais je n'aime plus du tout les joujoux : je vais vous dire, puisque vous me l'ordonnez, ce qui me ferait plaisir dans ce moment. Il y a ici une vieille paysanne bien bonne et bien pauvre. Je l'aime, non seulement parce qu'elle est bonne, mais aussi parce qu'elle est mère ; je sens bien que je donnerai toujours de meilleur cœur à une mère qu'à une autre. Madame Steinhausse dit qu'une pension de cinquante écus ferait le bonheur de la vieille paysanne ; ainsi, ma chère maman, je vous prie de m'envoyer, au lieu des joujoux que vous m'offrez, une pension de cinquante écus que je donnerai tout de suite à la bonne grand'mère. Bonsoir, ma chère maman; ma santé se fortifie tous les jours. Madame Steinhausse a mille bontés pour moi, et je me trouverais tout à fait heureuse, si je n'étais pas privée du bonheur de voir ma chère maman; du moins son portrait ne quitte pas mon bras; chaque jour je le baise en lui disant *bonjour* et *bonsoir*, et alors surtout j'ai le cœur bien serré en pensant que je suis à cinq lieues de maman; sans cela je serais enchantée d'être ici, d'autant plus que cette campagne est charmante; et puis on dit qu'il y aura bien des cerises cette année. A propos, maman, voulez-vous bien dire à ma bonne que je lui élève un sansonnet, quoiqu'elle ait mandé à madame Steinhausse qu'elle était sûre que j'avais déjà *pincé mademoiselle Steinhausse plus de vingt ois?* Il y avait cela dans sa lettre, cela m'a fait de la peine; car si vous saviez, maman, à quel point il faudrait être méchante pour pincer Henriette!... Au reste, je l'espère, je ne pincerai plus personne de ma vie. Adieu, ma chère et tendre maman : votre enfant vous embrasse de toute son âme.

» DELPHINE ».

Le surlendemain, Delphine reçut de sa mère une réponse charmante, et, au lieu d'une pension

de cinquante écus pour la bonne femme, Mélite
envoyait un contrat de trois cents livres. Delphine, transportée de joie, porta sur-le-champ
son présent à la vieille paysanne, que ce bienfait
acheva de rendre parfaitement heureuse. Sa reconnaissance, et les louanges de madame Steinhausse, les tendres caresses d'Henriette, firent
goûter à Delphine une satisfaction dont jusqu'à
ce moment elle n'avait eu qu'une imparfaite
idée; car, pour connaître l'étendue d'un bonheur
si pur, il faut en avoir joui. Le soir, Delphine
demanda à madame Steinhausse combien *Mélite
avait dépensé d'argent* pour faire ce contrat de
trois cents livres.

— Mille écus à peu près, répondit madame
Steinhausse, parce que cette rente n'est que viagère.

— Comment! reprit Delphine, on peut, avec
mille écus, assurer de quoi vivre à une personne
qui n'a rien!... Mille écus! c'est précisément ce
que mon pompon de diamant a coûté!

— Eh bien! Mademoiselle, dit madame Steinhausse, ce pompon vous fait-il grand plaisir?

— Oh! point du tout, repartit Delphine; j'aime
cent fois mieux une rose; et quand je songe
qu'avec mille écus on peut tirer pour jamais de
la misère un infortuné sans ressource, je ne conçois plus qu'on ait la folie d'acheter des diamants; et je déteste ce vilain pompon si cher, si
lourd et si incommode à porter.

Delphine, au mois de juillet, trouva la campagne bien plus belle encore; elle faisait de longues promenades dans les champs, et quelquefois elle se promenait au clair de la lune avec madame Steinhausse et Henriette. D'ailleurs, ayant pris le goût de l'occupation, elle n'éprouvait pas un seul instant d'ennui; elle lisait, elle écrivait, elle travaillait, elle apprenait d'Henriette à dessiner des fleurs, à dessécher des plantes, dont elle se faisait dire les noms et les propriétés; elle employait en bonnes actions l'argent que Mélite lui envoyait tous les mois pour ses menus plaisirs; on ne voyait plus sur son visage cette langueur, et cet air d'abattement qui en avaient altéré les charmes pendant si longtemps; ses yeux étaient animés et brillants; elle avait toute la fraîcheur de la jeunesse; et, sachant également bien marcher, courir et sauter, elle avait, en quatre mois, acquis plus de grâce, de légèreté que tous les maîtres de danse de Paris n'auraient pu lui en donner.

Au commencement du mois d'août, le docteur lui déclara qu'elle pouvait quitter son étable, et, au même instant, on la conduisit dans une petite chambre qu'on avait préparée exprès pour elle. Delphine sentit une joie très vive en se voyant établie dans un appartement agréable et commode; sa fenêtre donnait sur la vallée; la beauté de la vue, la propreté du plancher et des meubles l'enchantaient.

— Expliquez-moi donc, disait-elle à madame Steinhausse, pourquoi ce petit logement me paraît si charmant, et pourquoi je me déplaisais tant dans celui que j'occupais à Paris, quoiqu'il fût cependant beaucoup plus grand et beaucoup plus beau que celui-ci?

— Premièrement, répondit madame Steinhausse, quand vous êtes venue ici, vous ne connaissiez que de faux plaisirs, c'est-à-dire tous ceux que la vanité, la magnificence et le grand monde peuvent procurer : comme ils ne sont qu'imaginaires, on s'en lasse facilement; aussi en étiez-vous déjà dégoûtée; et n'ayant pas l'idée des véritables, vous périssiez d'ennui : telle était votre situation. Vous aviez vécu dans une trop grande abondance pour pouvoir apprécier les commodités et les agréments qu'une honnête aisance peut répandre sur la vie; vous ne jouissiez de rien, parce qu'on ne vous laissait rien à désirer. Les choses les plus agréables deviennent insipides, ennuyeuses même, si l'on n'a pas la raison d'en user sobrement; je vais vous en donner un exemple : vous aimez beaucoup les fleurs; je vous ai vue trouver un grand plaisir à chercher de la violette : pourquoi ce goût particulier pour cette dernière fleur, goût qui vous est commun avec toutes les jeunes personnes? C'est que la violette est cachée sous les feuilles, c'est qu'elle est moins commune que le thym, c'est qu'il faut la chercher : si elle était répandue dans les

champs avec une extrême profusion, si vous en
trouviez à chaque pas, vous cesseriez de l'aimer,
vous n'en feriez pas plus de cas que du gazon.
Les productions de l'art sont sans doute au-
dessous de celles de la nature; il est donc encore
plus facile de s'en lasser : cependant elles ont
leur agrément; elles peuvent procurer des plaisirs, mais seulement aux personnes modérées.
Si vous remplissez votre appartement et votre
maison de porcelaines, vous serez bientôt dégoûtée des porcelaines. Si vous restez trop longtemps à table, si vous mangez des ragoûts trop
recherchés, vous mangerez sans appétit, et par
conséquent sans plaisir. Il en est ainsi de toutes
les choses dont on abuse : dès qu'on veut satisfaire pleinement ses goûts, on les éteint; souve-
nez-vous donc que l'excès des superfluités, loin
de contribuer au bonheur, le détruit totalement.
Songez encore que le luxe n'éblouit que les sots,
et ne produit pas une seule vraie jouissance;
rien n'est plus incommode que la magnificence.
Des girandoles de diamants arrachent les oreilles; une robe d'or assomme, écorche les mains;
des bijoux et des ajustements précieux imposent
mille sujétions; car on est très fâché de déchirer
un beau parement de point, ou de casser une
superbe boîte : si vous aviez eu hier un tablier
garni de dentelle, vous n'eussiez point cueilli
tant de roses sauvages à travers ces buissons d'é-
pines où vous laissâtes la moitié de votre robe,

et vous ne seriez pas revenue si gaie, et si contente de votre promenade. La magnificence n'est
pas moins gênante dans les meubles : pour moi,
j'aimerais mieux cent fois habiter à jamais l'étable que vous quittez, que ces brillants apparte-
ments où l'on est obligé de marcher et de s'asseoir avec précaution, dans la crainte, ou de
casser un panneau de glace, ou d'écailler une
superbe dorure, ou de renverser une table à thé
couverte de porcelaines. Que je plains les gens
qui se rendent ainsi les esclaves de leurs richesses! La vanité qui les égare pourrait, mieux en-
tendue, leur enseigner les vrais moyens d'obtenir
la considération qu'ils désirent; au lieu d'étaler
tout ce faste, que ne font-ils de bonnes actions!

— Sans doute, interrompit Delphine, ils se
feraient estimer généralement; mais, d'ailleurs,
est-il possible de ne pas trouver un grand plaisir
à faire du bien? Existerait-il une âme assez
cruelle pour être insensible au bonheur des
autres?

— Cette inhumaine dureté, reprit madame
Steinhausse, n'est pas dans la nature; mais, en
se livrant à toutes ses fantaisies, en dépensant
tout son argent en vaines superfluités, on se ré-
trécit l'esprit, on s'endurcit l'âme, enfin l'on finit
par se corrompre.

— Ah! s'écria Delphine, quelle que soit ma
fortune un jour, jamais elle ne me corrompra; je
serai modérée, je me souviendrai de l'ennui que

j'éprouvais au milieu d'une extrême abondance;
je me souviendrai qu'il m'a fallu passer quatre
mois dans une étable pour être en état de sentir
le prix d'une partie des choses dont j'étais excédée; et surtout je n'oublierai point qu'il existe
des infortunés, et que le bonheur de les soulager
est le plus grand qu'on puisse goûter dans la vie.

Cet entretien finit par les plus tendres remer-
ciements de Delphine à madame Steinhausse :
celle dernière avait, en effet, des droits éternels à
la reconnaissance de Delphine, puisqu'elle lui
avait appris à raisonner, à penser, à sentir. Delphine resta encore deux mois chez le docteur, et
acheva d'y perfectionner son caractère, et d'y fortifier sa santé. Enfin, vers le commencement du
mois d'octobre, elle jouit du bonheur de revoir sa
mère. Mélite la reçut dans ses bras; elle pouvait
à peine la reconnaître. Delphine était prodigieu-
sement grandie; en même temps, elle avait pris
de l'embonpoint et les couleurs les plus vives.
Mélite, au comble de ses vœux, la regardait,
l'embrassait, voulait parler, et ne pouvait exprimer l'excès de sa joie que par des pleurs. Madame Steinhausse, pendant un instant, jouit en
silence d'un si doux spectacle; enfin, prenant la
parole :

—Vous me l'avez donnée mourante, dit-elle,
je vous la rends, Madame, dans toute la force de
la plus brillante santé; et, ce qui vaut mieux encore, je vous la rends bonne, douce, égale, sen-

sible, raisonnable et digne de faire votre bonheur.
Cependant elle est si jeune et si peu formée, qu'à
moins de certains ménagements, on pourrait
craindre encore pour elle des rechutes. Si vous
voulez les prévenir, voici le régime qu'elle doit
suivre; il n'est pas rigoureux, mais il est nécessaire...

— Elle le suivra, interrompit Mélite. Donnez,
Madame, continua-t-elle en prenant le papier
que lui présentait madame Steinhausse. A ces
mots, ouvrant ce papier, elle y lut tout haut ce
qui suit :

Ordonnance du docteur Steinhausse pour mademoiselle Delphine.

« Elle passera six mois de l'année à la campagne : étant à Paris, elle fera beaucoup d'exercice
à pied, même en hiver; elle ne mangera jamais
que du pain à son déjeuner et à son goûter, ex-
cepté dans le temps des fruits; elle ne portera que
des habits simples, parce que ceux-là seuls sont
commodes et légers.

» Pour la préserver de l'ennui, on lui donnera
des livres instructifs et amusants, et l'on ne souf-
frira pas qu'elle soit un moment oisive; et si elle
éprouvait par hasard quelques mouvements de
tristesse, il faudrait lui rappeler l'histoire de la
grand'mère d'Agathe, et le bien qu'elle a fait à
cette vieille femme : en suivant cette méthode et

ce régime, mademoiselle Delphine conservera
sûrement sa santé, sa gaieté, et le bonheur dont
elle jouit ».

Mélite approuva fort ce régime ; elle promit de
le suivre exactement, et témoigna la plus vive
reconnaissance à madame Steinhausse. L'année
suivante elle acheta une maison dans la vallée
de Montmorency, dans le voisinage de celle de
madame Steinhausse. Delphine conserva toute
sa vie pour cette dernière l'attachement qu'elle
lui devait et la plus tendre amitié pour l'aimable
Henriette. Elle devint une personne charmante ;
elle acquit de l'instruction et des talents : bonne,
raisonnable, bienfaisante, elle était admirée et
chérie de tous ceux qui l'approchaient.

Je travaillerai sérieusement. (page 51)

LE CHAUDRONNIER
OU LA RECONNAISSANCE RÉCIPROQUE

Le roi d'Angleterre Jacques II fut contraint d'abandonner son royaume; il vint se réfugier en France, et Louis XIV lui donna un asile à Saint-Germain. Quelques sujets fidèles avaient suivi le roi Jacques, et s'établirent à Saint-Germain. Madame de Varonne, dont je vais vous conter l'histoire, était d'une de ces familles irlandaises. Tout le temps de la vie de son mari, elle vécut dans une honnête aisance; mais, devenue veuve, et se trouvant sans protection, sans parents, elle n'eut pas le crédit d'obtenir de la cour une partie de la pension qui avait fait subsister son mari. Cependant elle écrivit aux ministres, elle envoya plusieurs placets; on lui répondit qu'on *mettrait sa demande sous les yeux du roi;* elle prit des espérances qu'elle conserva près de deux ans. Enfin, ayant renouvelé ses demandes, elle reçut un refus positif, et si formel, qu'il ne lui fut plus possible de s'aveugler sur son sort. Sa situation était déplorable; depuis deux ans, elle avait été obligée de vendre successivement, pour vivre, son argenterie et une partie de ses meubles : il ne lui restait aucune espèce de ressources. Son goût pour la solitude, sa piété et sa mauvaise santé l'avaient toujours tenue éloignée de la société; et particulièrement depuis la mort de son mari, elle avait entièrement cessé de voir du monde. Elle se trouvait donc sans appui, sans amis, sans espérance, dénuée de tout, plongée dans la plus affreuse misère; et, pour comble de maux, elle avait cinquante ans et une santé languissante et délabrée. Dans cette extrémité, elle eut recours au véritable dispensateur des consolations et des grâces, à celui qui pouvait changer son sort, ou lui donner le courage d'en supporter patiemment la rigueur.

Comme elle réfléchissait sur sa destinée, Ambroise, son laquais, entra dans sa chambre. Il est nécessaire de vous faire connaître cet Ambroise; ainsi je vais vous le dépeindre. Ambroise avait alors quarante ans, et depuis vingt années servait

madame de Varonne : il ne savait ni lire ni écrire ;
il était naturellement brusque, taciturne, gron-
deur ; il avait toujours eu l'air de mépriser ses
camarades et de bouder ses maîtres ; sa mine constamment refrognée et son ton rempli d'humeur
rendaient son service peu agréable. Cependant
son exactitude, sa bonne conduite et sa parfaite
fidélité l'avaient fait regarder dans tous les temps
comme un excellent sujet et un domestique précieux. On ne lui connaissait que des qualités
essentielles, et il possédait des vertus sublimes ;
et, sous un extérieur si grossier, il cachait l'âme
la plus sensible et la plus élevée.

Madame de Varonne, quelque temps après la
mort de son mari, avait renvoyé les gens de ce
dernier, et n'avait gardé qu'une cuisinière, une
servante et Ambroise. Enfin le temps était venu
où il fallait encore congédier ces trois domestiques. Ambroise, comme je vous le disais, entra
dans sa chambre : on était en hiver ; il tenait une
bûche, et allait la mettre au feu, lorsque madame
de Varonne lui dit :

— Ecoutez, Ambroise, il faut que je vous parle.

Le ton ému avec lequel madame de Varonne
prononce ces mots frappe Ambroise ; il pose vite
sa bûche sur le plancher, il se relève, regarde sa
maîtresse en disant :

— Mon Dieu ! Madame ! qu'est-ce qu'il y a ?

— Ambroise, savez-vous ce que je dois à la
cuisinière ?

— Vous ne lui devez rien, Madame, ni à moi, ni à Marie; vous avez payé le mois hier...

— Ah! tant mieux; je ne m'en souvenais pas... Eh bien! Ambroise, il faut que vous disiez à la cuisinière et à Marie que je n'ai plus besoin de leurs services... Et vous-même, mon cher Ambroise, il faut que vous cherchiez une autre condition.

— Une autre condition!... Qu'est-ce que c'est que ça?... Non, je mourrai en vous servant. Non, Madame, je ne vous quitterai point, quelque chose qui arrive...

— Ambroise, vous ne connaissez pas ma situation.

— Madame, vous ne connaissez pas Ambroise... Eh bien! si on vous retranche tant de votre pension que vous n'ayez pas le moyen de garder vos gens, renvoyez les autres, à la bonne heure; mais moi je ne mérite pas que vous me chassiez avec eux. Je n'ai point l'âme mercenaire, Madame...

— Mais, Ambroise, je suis ruinée, totalement ruinée. J'ai vendu tout ce que je possédais, et on m'ôte ma pension...

— On vous ôte votre pension!... Ça n'est pas vrai, ça ne se peut pas.

— Rien n'est plus certain cependant.

— Ah! bon Dieu!...

— Il faut respecter, adorer les décrets de la Providence, et s'y soumettre sans murmure. Ambroise, j'éprouve une grande consolation dans mon malheur, c'est de me sentir parfaitement résignée. Hélas! tant d'autres êtres sur la terre, tant de familles vertueuses se trouvent dans la situation où je suis!... Moi, du moins, je n'ai point d'enfants; je souffrirai seule : c'est peu souffrir...

— Non, non, s'écria Ambroise d'une voix entrecoupée, non, vous ne souffrirez pas! J'ai des bras, je sais travailler ..

—Ah! mon cher Ambroise, interrompit madame de Varonne attendrie, je n'ai jamais douté de votre attachement :... je n'en abuserai point. Voici seulement ce que j'en attends : c'est que vous alliez me louer une petite chambre à un cinquième étage. J'ai encore quelque argent qui pourra me suffire pour deux ou trois mois. Je travaillerai, je ferai du filet Cherchez-moi dans Saint-Germain quelques pratiques : voilà tout ce que je vous demande, et tout ce que vous pourrez faire pour moi.

Pendant ce discours, Ambroise, debout vis-à-vis de sa maîtresse, la considérait en silence; et lorsqu'elle eut fini de parler :

—Ah! ma respectable maîtresse, s'écria-t-il, recevez le serment du pauvre Ambroise, qui s'engage à vous servir jusqu'à fin de sa vie!... et de meilleur cœur, avec plus de respect et plus d'obéissance que je ne l'ai jamais fait. Il y a vingt ans que vous me nourrissez, que vous m'habillez, que vous me faites vivre, et que vous me rendez la vie heureuse. J'ai bien souvent mésusé de votre bonté et de votre patience. Ah! Madame, pardonnez-moi toutes les fautes que mon mauvais caractère m'a fait commettre envers vous. Je les réparerai, soyez-en sûre; je ne demande au bon Dieu des jours que pour cela.

En achevant ces mots, Ambroise sortit précipitamment, sans attendre de réponse.

Vous jugez facilement de quelle vive et profonde reconnaissance cet entretien dut pénétrer le cœur de madame de Varonne; elle éprouvait qu'il n'est point de maux dont ce sentiment si doux ne puisse diminuer l'amertume. Au bout de quelques minutes, Ambroises revint; il tenait un petit sac de peau, et, le posant sur la cheminée·

— Grâce à Dieu, dit-il, grâce à vous, Madame, et à défunt Monsieur, il y a là-dedans trente louis. Cet argent vient de vous, il vous appartient...

— Ambroise! le fruit de vos épargnes durant vingt ans!

— Quand vous aviez de l'argent, vous m'en donniez; quand vous n'en avez plus, je vous en rends: l'argent n'est bon qu'à cela. Je sais bien que cette petite somme ne peut pas tirer Madame d'embarras; mais voici comment je compte m'arranger. Il faut que Madame se souvienne que je suis le fils d'un chaudronnier, et que je n'ai pas oublié mon premier métier; car, dans mes moments perdus, et quelquefois, quand Madame me donnait la permission de sortir, j'allais chez Nicault un de mes pays, qui est chaudronnier, et, par amusement, je lui demandais de l'ouvrage. Eh bien! à présent je travaillerai sérieusement, et avec quel courage!...

—Ah! c'en est trop, s'écria madame de Varonne; vertueux Ambroise, dans quel état indigne de vous le sort vous a-t-il placé!...

—J'en suis content, reprit Ambroise, si Madame peut s'accoutumer à son changement de situation.

—Ambroise, votre attachement doit me consoler de tout. Mais comment supporterai-je de vous voir souffrir pour moi?

—Souffrir en travaillant! et quand ce travail vous sera utile! Non, Madame; pour moi, je serai très heureux. Dès demain je me mets à l'ouvrage. Nicault, qui est brave homme, ne m'en laissera pas manquer. Il est accrédité dans Saint-Germain; il a justement besoin d'un bon compagnon : je suis fort, je ferai bien l'ouvrage de deux, et tout ira bien.

Cependant le lendemain la cuisinière et la servante furent congédiées. Ambroise loua dans Saint-Germain une petite chambre bien propre et bien claire, à un troisième étage, et il la meubla du peu de meubles qui restaient à sa maîtresse. Il y conduisit madame de Varonne. Elle y trouva un bon lit, un grand fauteuil bien commode, une petite table avec une écritoire et du papier, au-dessus de laquelle ses livres étaient rangés sur cinq ou si planches; une grande armoire qui contenait son linge, ses robes, et une provision de fil pour travailler; un couvert d'argent, car Ambroise ne voulait pas qu'elle mangeât dans de l'étain, et la bourse de peau qui renfermait les trente louis. Dans un coin de la chambre, derrière un rideau, était cachée la petite vaisselle de terre qui devait faire la cuisine de madame de Varenne.

— Voilà, dit Ambroise, tout ce que j'ai pu trouver de mieux pour le prix que Madame voulait mettre à son loyer. Il n'y a qu'une chambre; mais la servante couchera sur un matelas qui est là roulé sous le lit de Madame...

— Comment! la servante? interrompit madame de Varonne

— Madame peut-elle se passer d'une servante pour faire son pot-au-feu, ses commissions, pour la déshabiller? ..

— Mais mon cher Ambroise!...

— Oh! cette servante-là ne vous coûtera pas cher : c'est une enfant de treize ans; vous ne lui donnerez point de gages, et elle vivra des restes de Madame. Pour ce qui est de moi, j'ai fait mon arrangement avec Nicault. Je lui ai dit que j'avais été compris dans la réforme que Madame a été forcée de faire; que j'étais dans le besoin, et que je ne demandais pas mieux que de travailler.

Nicault, qui est riche, et qui est un brave homme
dé mon pays, me couchera chez lui c'est à deux
pas d'ici; il me nourrira, et me donnera vingt
sous par jour. La vie est à bon marché à Saint-
Germain : ainsi, avec vingt sous par jour, Madame pourra vivre tout doucement, d'autant
qu'elle a quelques provisions, et un peu d'argent
comptant. Je n'ai pas voulu dire tout cela devant
la petite Suzanne, votre nouvelle servante. A
présent, je vais vous la chercher.

En achevant ces paroles, Ambroise sortit et
revint un moment après, en tenant par la main
une jolie petite fille, qu'il présenta à madame de
Varonne, en disant :

— Voilà la jeune fille dont j'ai eu l'honneur de
parler à Madame. Son père et sa mère sont pauvres, mais laborieux; ils ont six enfants, et Madame fera une très bonne action en prenant
celle-ci à son service.

Après ce préambule, Ambroise, d'un ton sévère, exhorta Suzanne à se bien conduire; ensuite il prit congé de madame de Varonne, et s'en
alla chez son ami Nicault.

Qui pourrait rendre compte de tout ce qui se
passait au fond de l'âme de madame de Varonne!... Non seulement de tels procédés la péné-
traient de reconnaissance et d'admiration, mais
le changement subit qu'elle remarquait dans les
manières et dans l'humeur d'Ambroise ne l'éton-
nait pas moins . cet homme, qu'elle avait tou-

jours vu si brusque, si grossier, ne paraissait
plus être le même homme; depuis qu'il était de-
venu son bienfaiteur, il n'était pas reconnais-
sable : il joignait les égards aux procédés, la
délicatesse à l'héroïsme, et son cœur lui avait
appris en un moment tout ce qu'on doit de ména-
gement et de respect aux infortunés. Il sentait
combien sont sacrées les obligations que nous
imposent nos propres bienfaits; il sentait qu'on
n'est pas véritablement généreux si l'on humilie,
ou seulement si l'on embarrasse le malheureux
que l'on secourt. Le lendemain du jour où madame de Varonne prit possession de son nouveau
domicile, elle ne vit pas Ambroise dans le cours
de la journée, parce qu'il travaillait; mais il vint
le soir un moment. Il pria madame de Varonne
de donner une commission à Suzanne; et quand
il se trouva seul avec sa maîtresse, il tira de sa
poche vingt sous enveloppés dans un papier, et
les posant sur la table : « *Voilà*, dit-il, *ma journée.* » Alors, sans attendre de réponse, il alla rappeler Suzanne, et retourna chez Nicault. Après
un semblable emploi de sa journée, que le sommeil doit être paisible et que le réveil doit être
doux ! Par ce que nous éprouvons en faisant une
bonne action, jugeons de la satisfaction inexprimable que peut procurer une action héroïque re-
nouvelée tous les jours !

Ambroise, fidèle aux devoirs sublimes qu'il
s'était imposés, venait chaque soir faire une visite

à madame de Varonne, et déposer chez elle le fruit des travaux de sa journée; il ne se réservait au bout de chaque mois que l'argent nécessaire pour payer son blanchissage; et encore ne retenait-il pas cette légère somme, mais il la demandait à madame de Varonne, et la recevait comme un don. En vain, madame de Varonne, sensiblement affligée de dépouiller ainsi le généreux Ambroise, voulait lui persuader qu'elle pouvait vivre en lui coûtant moins. Ambroise alors, ou ne l'écoutait pas, ou paraissait l'entendre avec tant de peine qu'elle était bientôt forcée de se taire.

Dans l'espoir d'engager Ambroise à se procurer un peu plus d'aisance, madame de Varonne, de son côté, travaillait presque sans relâche. Elle faisait du filet; Suzanne l'aidait dans cette occupation, et allait vendre son ouvrage; mais, quand madame de Varonne exagérait à Ambroise le profit qu'elle retirait de ce petit commerce, il répondait simplement : *Tant mieux*, et sur-le-champ il parlait d'autre chose. Le temps n'apporta nul changement dans sa conduite, et, durant quatre ans entiers, on ne le vit jamais se démentir un seul instant. Enfin le moment approchait où madame de Varonne devait ressentir le chagrin le plus cruel et le plus déchirant pour son cœur. Un soir qu'elle attendait Ambroise comme à l'ordinaire, elle vit entrer dans sa chambre la servante de Nicault, qui vint lui dire qu'Ambroise était

malade, et qu'il avait été forcé de se mettre au lit.
A cette nouvelle, madame de Varonne pria la servante de la conduire sur-le-champ chez Nicault,
et, en même temps, elle ordonna à Suzanne d'aller
chercher un médecin. Madame de Varonne, en
arrivant chez Nicault, causa beaucoup de surprise à ce dernier, qui ne l'avait jamais vue. Elle
lui dit qu'elle voulait aller dans la chambre
d'Ambroise.

— Mais, Madame, reprit Nicault, c'est impossible..

— Comment?

— Il faut monter une échelle pour arriver à ce
grenier...

— Une échelle?... Ah! pauvre Ambroise!...
Allons, conduisez-moi...

— Mais, Madame, encore une fois, vous ris-
querez de vous rompre le cou; et puis vous ne
pourrez vous tenir debout chez Ambroise, il est
niché dans un si vilain trou!

A ces mots, madame de Varonne ne put retenir
ses larmes; et, priant Nicault de la guider, il la
mena au bas d'une petite échelle qu'elle eut bien
de la peine à monter, et qui la conduisit dans le
coin d'un triste grenier, où elle trouva Ambroise
couché sur une paillasse.

— Ah! mon cher Ambroise! s'écria-t-elle en le
voyant, dans quel état je vous trouve! et vous
disiez que votre logement vous plaisait, que vous
étiez parfaitement!...

Ambroise n'était pas en état de répondre à madame de Varonne; depuis près d'une heure il
n'avait plus sa tête, et madame de Varonne, s'en
apercevant bientôt, se livra à la plus juste douleur. Enfin Suzanne revint avec un médecin : ce
dernier, en entrant dans le galetas d'Ambroise,
fut étrangement surpris de voir auprès de la paillasse d'un pauvre garçon chaudronnier une dame
décemment mise, et qui paraissait accablée de
désespoir. Il s'approcha du malade, l'examina
attentivement, et dit qu'on l'avait appelé trop
tard. Jugez de l'état de madame de Varonne, lorsqu'elle entendit prononcer ce funeste arrêt!

— Aussi, dit Nicault, c'est sa faute, à ce pauvre
Ambroise : il y a plus de huit jours qu'il est malade et que je voulais l'empêcher de travailler;
mais il allait toujours son train. Il ne s'est alité
que ce matin, encore avec bien de la peine. Pour
entrer chez nous, il s'était chargé de plus d'ouvrage qu'il n'en pouvait faire; il s'est tué à force
de travailler.

Chaque mot de ce discours était un trait mortel
pour la malheureuse madame de Varonne. Elle
s'avança vers le médecin, et, elle le conjura de ne
pas abandonner Ambroise. Le médecin avait de
l'humanité; d'ailleurs tout ce qu'il voyait excitait
vivement sa curiosité; ainsi il s'engagea facilement à passer une partie de la nuit avec Ambroise. Madame de Varonne envoya chercher
chez elle des matelas, des couvertures, du linge;

elle voulut faire avec Suzanne un lit pour Ambroise, dans lequel le médecin et Nicault le posèrent doucement; ensuite madame de Varonne se jeta sur une escabelle de bois, et donna un libre cours à ses pleurs. Sur les quatre heures du matin, le médecin se retira, après avoir fait saigner le malade, en promettant de revenir à midi. Vous imaginez bien que madame de Varonne ne quitta pas Ambroise un moment; elle passa quarante-huit heures à son chevet sans recevoir du médecin la plus légère espérance; enfin, le troisième jour, le médecin dit qu'il croyait apercevoir du mieux; et, le soir même, il déclara qu'il répondait de la vie d'Ambroise.

Je ne vous peindrai point la joie de madame de Varonne en voyant Ambroise hors de danger; elle désirait veiller encore la nuit suivante; mais Ambroise, qui avait repris sa connaissance, ne voulut jamais y consentir. Elle retourna chez elle accablée de fatigue; le médecin fut la voir le lendemain, et il lui témoigna tant d'intérêt, il lui avait inspiré tant de reconnaissance, que madame de Varonne ne put se défendre de répondre à ses questions. Elle satisfit sa curiosité, et lui conta son histoire. Trois jours après cette confidence, le médecin, qui n'habitait pas ordinairement Saint-Germain, fut obligé de retourner à Paris; il partit précipitamment, laissant madame de Varonne en bonne santé, et Ambroise convalescent.

Cependant madame de Varonne se trouvait dans une situation aussi pressante que malheureuse; en huit jours, elle avait dépensé pour Ambroise le peu d'argent qu'elle possédait : elle en avait assez pour vivre quatre ou cinq jours; mais, à cette époque, Ambroise ne serait pas encore en état de se remettre à l'ouvrage, et elle frémissait en songeant que la nécessité le contraindrait à travailler, au risque de tomber malade. Ce fut alors qu'elle sentit l'horreur de sa situation; elle se reprocha amèrement d'avoir accepté les secours du généreux Ambroise. « Sans moi, disait-elle, il serait heureux, son travail aurait pu lui procurer une honnête subsistance; son attachement pour moi lui a ravi sa tranquillité..... et va peut-être lui coûter la vie !..... et moi je mourrai sans m'acquitter..... M'acquitter..... hélas! quand il me serait possible de disposer à mon gré des événements, pourrais-je m'acquitter jamais!

Un soir que madame de Varonne était profondément absorbée dans ses douloureuses réflexions, Suzanne, tout essoufflée, entra dans sa chambre, en lui disant qu'une belle dame demandait à la voir ..

— Elle se trompe sûrement, répondit madame de Varonne.

— Non, non, répondit Suzanne, je l'ai vue, la belle dame; elle a dit comme ça :

« Madame de Varonne, qui demeure ici, chez M. Daviet, au troisième étage sur la cour ». Elle disait cela de sa voiture; une voiture avec six beaux chevaux! Moi, j'étais sur le pas de la porte : « Madame, ai-je fait, c'est ici. » La dame m'a répondu : « Voulez-vous bien aller dire à madame de Varonne que je lui demande en grâce de m'accorder un moment d'entretien? » Là-dessus j'ai pris mes jambes à mon cou...

Comme Suzanne achevait ces mots, madame de Varonne entendit frapper doucement à la porte; elle se leva avec une extrême émotion, alla ouvrir, et elle vit entrer en effet une dame parfaitement belle, qui s'avança d'un air timide et attendri. Madame de Varonne renvoya Suzanne. Lorsqu'elle se trouva seule avec l'inconnue, cette dernière prenant la parole :

— Je suis charmée, Madame, lui dit-elle, de vous annoncer que le roi vient enfin d'être informé de votre situation, et que sa bonté le porte à réparer les injustices de la fortune envers vous...

— Oh! Ambroise!... s'écria madame de Varonne.

A cette exclamation, l'inconnue s'approcha de madame de Varonne, et lui prenant affectueusement les mains :

— Venez, Madame, lui dit-elle, venez dans le nouveau logement qui vous est préparé!...

— Ah! Madame, interrompit madame de Varonne, comment pourrai-je vous exprimer?... Mais, si j'osais... je vous demanderais la permission.. Madame, j'ai un bienfaiteur, daignez souffrir qu'avant tout j'aille l'instruire...

— Je vais vous laisser en liberté, reprit l'inconnue; dans la crainte de vous gêner, je ne vous accompagnerai point à votre maison, j'irai de mon côté; mais je vais vous conduire à votre voiture, qui vous attend à la porte...

— Ma voiture!...

— Oui, Madame, ne perdons plus de temps, venez.

En disant ces mots, l'inconnue donnant le bras à madame de Varonne, qui pouvait à peine se soutenir sur ses jambes, sortit avec elle et descendit l'escalier. Arrivée près de la porte, l'inconnue dit à un laquais qui l'attendait :

— *Appelez les gens de madame de Varonne.*

Cette dernière croyait rêver; son étonnement s'accrut encore en voyant un laquais vêtu de gris faire approcher une voiture simple et commode, et dire ensuite :

— *Voilà la voiture de Madame.*

Alors la dame inconnue, faisant ouvrir la portière du carosse, y fit entrer madame de Varonne, et la quitta pour aller rejoindre sa voiture. Le nouveau laquais de madame de Varonne lui demandant ses ordres, fut prié bien poliment, et avec une voix tremblante, de prendre le chemin de la maison de M. Nicault, le chaudronnier. Vous concevez bien, mes enfants, la vive émotion et le battement de cœur que la vue de cette

maison dut causer à madame de Varonne!... Elle
tire le cordon : on arrête; elle ouvre elle-même la
portière, et, s'appuyant sur l'épaule de son laquais, elle entre dans la boutique de Nicault. Le
premier objet qu'elle aperçoit, c'est Ambroise
lui-même dans son habit d'ouvrier, Ambroise, à
peine convalescent, mais qui, malgré sa faiblesse,
avait voulu essayer de se mettre à l'ouvrage...
Madame de Varonne, en le voyant travailler,
éprouva un attendrissement d'une douceur inexprimable. Il travaillait pour elle, et elle allait
l'arracher pour jamais à ces travaux pénibles, à
la misère, à la fatigue. Elle goûtait dans toute sa
pureté tout le bonheur que la reconnaissance la
plus profonde et la mieux fondée peut procurer
aux belles âmes.

—O mon cher Ambroise! s'écria-t-elle, venez,
suivez-moi... venez... quittez cet ouvrage; vous
ne le reprendrez plus : votre sort est changé...
Venez, ne différez pas davantage.

Ambroise, frappé d'étonnement, demande en
vain des explications; en vain, il veut du moins
obtenir le temps nécessaire pour s'habiller et se
revêtir de son habit des dimanches, madame de
Varonne n'est en état ni de l'écouter ni de lui répondre. Elle saisit son bras, elle l'entraîne, sort
avec lui, et le force à monter dans sa voiture.
Alors son laquais dit :

—*Madame veut-elle aller dans sa nouvelle
maison?*

Madame de Varonne tressaillant à ces mots :

— Oui, répondit-elle, en regardant Ambroise, menez-nous dans *notre maison*.

Pendant le chemin, madame de Varonne instruisit Ambroise de la visite de la dame inconnue. Ambroise l'écoutait avec une joie mêlée de crainte et de doute; il osait à peine compter sur un bonheur si extraordinaire et si inespéré. Enfin la voiture s'arrête à la porte d'une jolie petite maison, dans la forêt de Saint-Germain. Madame de Varonne et Ambroise descendent; ils entrent dans un salon dans lequel ils trouvent la dame inconnue qui les attendait. Cette dernière s'avance vers madame de Varonne, en lui présentant un papier :

— Voilà, Madame, lui dit-elle, ce que le roi a daigné me charger de vous remettre; c'est le brevet d'une pension de dix mille livres; et il vous laisse encore la liberté d'assurer la moitié de cette pension à la personne que vous voudrez désigner...

— Ah! quel bienfait! s'écria madame de Varonne. La voilà, Madame, cette personne; voilà l'homme, véritablement digne de votre protection et des grâces de son souverain.

A ces mots, Ambroise, qui, jusque-là, s'était tenu caché derrière sa maîtresse, sentit augmenter son embarras; il fit quelques pas en arrière, d'un air honteux, en ôtant son bonnet; et, malgré l'excès de sa joie, il éprouvait une confusion pénible en s'entendant louer de la sorte; d'ailleurs, il était assez fâché de paraître devant la dame, à cette première entrevue, avec son tablier de cuir et sa veste sale, et il regrettait un peu son habit des dimanches... L'inconnue s'approcha de lui :

— Arrêtez, Ambroise, lui dit-elle; arrêtez, laissez-moi vous regarder un moment...

— Mon Dieu! Madame, reprit Ambroise en baissant la tête et en tournant son bonnet, je n'ai rien fait que de bien naturel : il n'y a pas là de quoi s'étonner.

Ici madame de Varonne l'interrompit, pour détailler avec autant de chaleur que de rapidité tout ce qu'elle devait à Ambroise. Après ce récit, l'inconnue, vivement attendrie :

— Enfin, dit-elle, après avoir vu tant d'ingrats, je goûte donc le plaisir de découvrir deux cœurs véritablement sensibles et reconnaissants !... Adieu, Madame, continua-t-elle : cette maison et tous les meubles qu'elle contient vous appartiennent; et vous allez toucher, dans un moment, le premier quartier de votre pension.

En achevant ces mots, l'inconnue fit quelques pas vers la porte. Madame de Varonne courut à elle. L'inconnue l'embrassa affectueusement et sortit. A peine l'inconnue était-elle sortie, que la porte se rouvrit, et madame de Varonne aperçut le médecin auquel Ambroise devait la vie...

Madame de Varonne, en le voyant, devina

facilement que c'était lui qui avait tout conté à la
dame. Après lui avoir témoigné toute la reconnaissance dont elle était pénétrée, elle le questionna et le médecin lui apprit que l'inconnue se
nommait madame de P'''', qu'elle habitait toujours Versailles, et qu'elle avait beaucoup de
crédit.

— Depuis dix ans, continua-t-il, je suis son
médecin · je connaissais sa bienfaisance, j'étais
certain de l'intéresser vivement en lui contant
votre histoire. En effet, aussitôt qu'elle en a su
les détails, elle a fait l'acquisition de cette petite
maison, et elle a obtenu du roi la pension dont
elle vous a donné le brevet.

Comme le médecin achevait ce récit, un laquais entra, et dit à madame de Varonne qu'elle
était servie. Elle retint le médecin à souper, et,
s'appuyant sur le bras d'Ambroise, elle passa
dans sa salle à manger. Alors elle invita Ambroise à s'asseoir à côté d'elle, et ce dernier s'en
défendant en disant qu'il n'était pas fait pour se
mettre à table avec elle.

—Eh quoi! reprit-elle, mon bienfaiteur et mon
ami, n'est-il pas mon égal?

Vous jugez bien qu'Ambroise, le lendemain,
grâce à madame de Varonne, eut des habits con-
venables à sa nouvelle fortune, et que son appartement fut meublé et arrangé avec autant de re-
cherche que de soins; que madame de Varonne
partagea toute sa vie avec lui tout ce qu'elle pos-

sédait; et qu'enfin elle ne reçut et ne vit jamais
d'argent sans se rappeler, avec un profond attendrissement, ce temps où le fidèle Ambroise lui
apportait ses vingt sous, en lui disant : *Voilà ma
journée.*

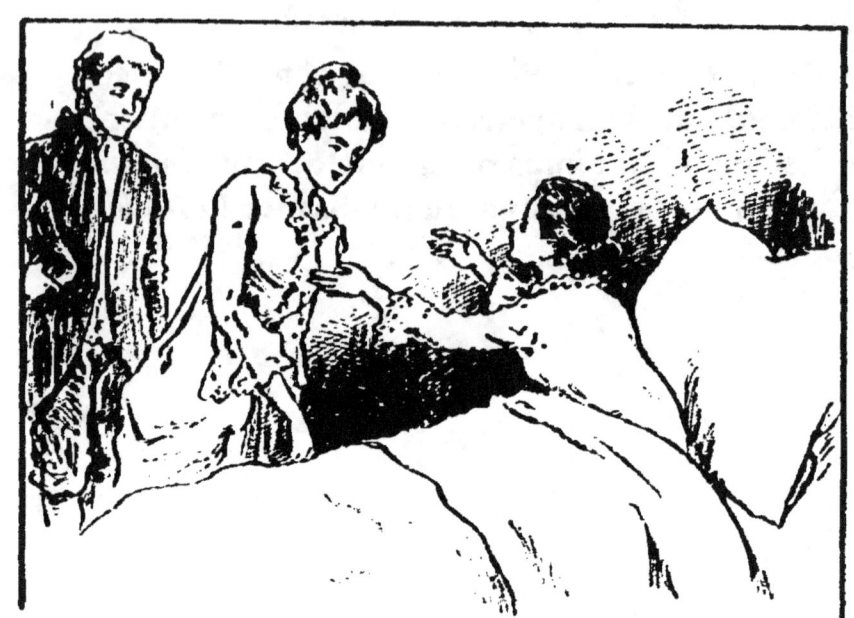

Oh! ma mère, comme la vie me devient chère! (page 89)

ÉGLANTINE

OU L'INDOLENTE CORRIGÉE

Doralice, femme d'un financier, jouissait d'une fortune considérable; mais elle avait trop d'esprit et un trop bon cœur pour aimer le faste, et pour vouloir se distinguer par une vaine magnificence. Elle savait que le luxe, toujours condamnable, est véritablement ridicule chez les personnes que leur état dispense de toute espèce de représentation. Elle n'avait point de diamants, elle habitait une maison aussi simple que commode; elle ne donnait point de fêtes, mais elle faisait de bonnes actions; et sa fortune,

loin de l'exposer à l'envie des sots, au mépris des
gens raisonnables, lui attirait les bénédictions
des infortunés et l'estime générale. Rien chez
elle n'annonçait l'ostentation et le puéril désir
de briller. Quoiqu'elle sût se suffire à elle-même,
elle aimait la société. Afin de s'en former une
véritablement agréable, elle n'avait donné la
préférence exclusive à aucune classe sur une
autre : elle n'avait point dit : « *Je ne verrai que les
gens d'un tel état* », ou bien : « *Je ne verrai point les
gens d'un tel état* » ; mais elle s'était décidée à recevoir toutes les personnes véritablement distin-
guées par les qualités du cœur et les agréments
de l'esprit, de quelque condition qu'elles fussent. Doralice n'avait qu'une fille : cette enfant,
âgée de six ans, annonçait un bon cœur ; elle
était douce, obéissante, sincère ; elle ne manquait point de mémoire ni d'intelligence ; mais
elle était excessivement indolente ; par conséquent elle n'avait nulle activité, aucune application. Elle faisait tout avec lenteur et nonchalance, et elle était également négligente et
paresseuse. Comment l'indolence entraîne-t-elle
tous ces défauts-là ?... D'abord, qu'est-ce que
l'indolence ? C'est une certaine lâcheté qui donne
du dégoût pour tout ce qui pourrait fatiguer le
moins du monde, soit l'esprit, soit le corps. Avec
cette disposition, on ne veut ni courir, ni sauter,
ni danser, ni jouer au volant, parce que ces amusements sont fatigants. Par la même raison, on

n'aime point l'étude, parce qu'on ne veut pas prendre la peine de s'appliquer. On ne réfléchit point, on ne pense à rien, et l'on végète au lieu de vivre. Tel était l'état d'Eglantine, la fille de Doralice. Elle prenait ses leçons avec beaucoup de douceur, mais elle n'écoutait pas un mot de tout ce qu'on lui disait, et elle ne faisait nulle espèce de progrès. D'un autre côté, sa gouvernante se plaignait sans cesse du peu de soin dont elle était capable. En effet, on trouvait dans tous les coins de la maison les mouchoirs, les ciseaux, les poupées d'Eglantine. Elle aimait mieux perdre que de ranger et de serrer les choses à son usage ; tout était en désordre dans sa chambre, tout y était de la malpropreté la plus dégoûtante. Eglantine, obligée de passer une partie du jour à chercher ses livres, son ouvrage, ses joujoux, s'ennuyait mortellement, et consumait dans cette désagréable occupation un temps précieux qu'elle eût pu employer utilement, ou du moins donner à ses plaisirs.

Tous les matins, il fallait la gronder pour la décider à sortir de son lit. Ensuite nouveaux reproches sur l'engourdissement qu'elle conservait régulièrement plus d'une heure après son réveil, et qui se manifestait par des bâillements redoublés ; sur la longueur excessive de son déjeuner ; et puis la promenade, où les remontrances recommençaient, parce qu'Eglantine voulait s'asseoir au lieu de marcher, et se plaignait ou du froid ou du chaud Les leçons ne se passaient pas mieux ; Eglantine n'en prenait guère sans pleurer ou sans en avoir envie. Les récréations n'étaient pas plus amusantes; il fallait chercher les joujoux égarés et perdus, et s'entendre gronder à ce sujet.

Doralice avait tous les talents nécessaires pour former une excellente institutrice, mais elle manquait d'expérience; cette éducation était la première à laquelle elle eût présidé. En toutes choses, il faut payer son apprentissage par des fautes, et dans cette occasion, elle en fit une grande. Elle ne prévit pas toutes les conséquences fâcheuses qui pouvaient résulter du défaut dominant de sa fille. Elle se flatta que l'âge et la raison donneraient insensiblement à Eglantine l'activité dont elle était dépourvue ; elle se contenta de la gronder de temps en temps au lieu de la punir, et elle ne sentit son erreur que lorsqu'il était trop tard pour y remédier.

Doralice s'en repentit amèrement dans la suite. Cependant, voyant la négligence d'Eglantine augmenter tous les jours, elle imagina de faire un journal, dans lequel elle écrivit chaque soir le détail le plus exact de toutes les choses qu'Eglantine avait perdues dans la journée, avec le prix de toutes les choses perdues. Elle mettait dans cette liste les livres déchirés ou dépareillés, les joujoux brisés, les robes neuves tachées et gâtées de manière à ne pouvoir plus les porter;

les morceaux de pain jetés dans tous les coins du jardin, les bijoux cassés, le papier, les plumes et les crayons inutilement prodigués. Toutes ces déprédations, jointes aux choses perdues, formèrent au bout du mois la somme de quatre-vingt-dix-neuf livres, c'est-à-dire quatre louis et trois livres.

Au bout d'un an, Doralice montra à sa fille le compte de toutes les choses qu'elle avait perdues ou dissipées dans le cours de l'année; le total des sommes montait à plus de douze cents livres. Eglantine, qui n'avait alors que sept ans, fut peu touchée de ce calcul. Sa mère se flattant qu'elle en serait plus frappée lorsqu'elle connaîtrait la valeur de l'argent, continua toujours son journal avec la même exactitude : elle fut aidée dans ce travail par la gouvernante d'Eglantine, qui, chaque soir, donnait à Doralice, sur une feuille volante, le détail des prodigalités dont elle avait été témoin. Doralice mettait toutes ces feuilles dans une cassette, sans les joindre au journal qu'elle écrivait de son côté, et bientôt les mémoires de la gouvernante devinrent si nombreux, qu'il aurait fallu beaucoup de temps pour faire le relevé de toutes les sommes qu'ils contenaient. Alors Doralice, les serrant toujours avec soin, se décida à n'en faire la supputation que lorsque Eglantine aurait atteint un âge raisonnable

En attendant, plus le temps s'écoulait, plus le

journal de Doralice prouvait que l'indolence d'Eglantine ne faisait qu'augmenter, au lieu de diminuer. Eglantine allait souvent se promener au bois de Boulogne; elle y perdit, en quatre mois, la valeur de cinquante ou soixante louis de bijoux; tantôt une bague, tantôt un flacon, une autre fois un médaillon, sans compter les mouchoirs ou les gants oubliés sur l'herbe. En outre, elle brisait régulièrement tous les jours un éventail, et cassait le grand ressort et la glace de sa montre, en dérangeait la répétition, et il fallait payer sans cesse des mémoires d'horlogers. L'hiver, la dépense était encore plus forte. Eglantine, comme toutes les personnes indolentes, était extrêmement frileuse; elle se traînait dans les cendres, elle y laissait tomber tout ce qu'elle tenait, elle brûlait ses robes, ses jupons, ses manchons : on était obligé de renouveler sa garde-robe tous les mois. En outre, quand ses maîtres venaient, elle avait presque toujours un mal de tête qui ne lui permettait pas de prendre ses leçons. On donnait un cachet au maître, et on le renvoyait... Voilà où la conduisait l'indolence, ce défaut qui semble d'abord si léger. Et c'est ainsi qu'il n'est point de défaut qui, lorsqu'il est dominant, n'entraîne les plus affreuses conséquences. Eglantine était naturellement sincère, mais elle était encore plus paresseuse; et, pour s'éviter la plus petite fatigue, elle avait recours au mensonge, non sans efforts et

sans remords, mais communément la paresse
triomphait de ses scrupules. Cependant Eglantine commençait à sortir de l'enfance : elle touchait à sa dixième année. Sa mère lui donna de
nouveaux maîtres.

Eglantine, excédée du clavecin, et n'y faisant
aucun progrès, avoua enfin qu'elle avait un dégoût invincible pour cet instrument, et préten-
dit qu'elle avait envie d'apprendre à jouer du
luth. Doralice lui permit d'abandonner le clavecin, quoiqu'elle en jouât depuis l'âge de cinq
ans, et on lui donna un maître de luth. En même
temps, le prix qu'avait coûté le maître de clavecin, l'achat de la musique, du clavecin, du
piano-forté, l'entretien de cet instrument, tout
cet argent se trouvait perdu, puisque Eglantine
renonçait à ce talent; de manière que Doralice
écrivit sur son journal cette dépense, qui se montait à plus de huit mille francs. Eglantine ne
joua du luth qu'un an; son maître, rebuté de son
peu d'application, la quitta. Alors elle apprit à
jouer de la guitare avec aussi peu de succès.
Enfin la guitare fut abandonnée comme le luth
et le clavecin, et la harpe remplaça ces trois instruments.

Eglantine avait, en outre, beaucoup d'autres
maîtres. Elle apprenait le dessin, la géographie,
l'anglais, l'italien. Elle avait un maître de danse,
un maître de chant, un répétiteur pour l'accompagner du violon, un maître à écrire; et tous ces

maîtres coûtaient dix-neuf à vingt louis par mois. L'indolente Eglantine n'en était pas plus savante, et la dépense qu'elle occasionnait n'avait plus de bornes. Tous les deux ou trois mois, sa musique, ses livres, ses cartes de géographie étaient déchirés en morceaux, il fallait en acheter d'autres; n'ayant aucun soin de sa harpe, elle la laissait à l'humidité devant les fenêtres ouvertes; on était obligé de la remonter presque tous les jours : elle dépensait en cordes de harpe, en crayons, en papier, etc., près du quadruple de ce qu'une personne soigneuse eût coûté.

Comme son excessive indolence lui rendait insupportable toute espèce de sujétion, elle était d'une malpropreté honteuse. En deux ans, on avait été forcé de renouveler deux fois les meubles de son appartement; elle se décoiffait sur tous les fauteuils de sa chambre, les remplissait de poudre et de pommade, et ne manquait jamais de jeter négligemment à terre toutes ses épingles; ses robes étaient toujours couvertes de crayon, d'encre, de taches de cire. Elle passait un temps prodigieux à sa toilette, parce qu'elle ne faisait rien qu'avec une extrême lenteur; en même temps, personne n'était plus mal mis; elle regardait sans voir, elle agissait sans penser, et elle n'avait aucune espèce de goût en quoi que ce pût être. D'ailleurs, elle manquait absolument de grâce : n'ayant jamais voulu s'assujétir à mettre des gants, ses mains étaient également rudes et rouges; et elle avait un vilain pied et marchait de la manière la plus désagréable, parce qu'elle portait constamment des souliers en pantoufles.

Telle était Eglantine à treize ans. Doralice s'était plu à lui former une jolie bibliothèque, dans l'espoir qu'elle prendrait goût à la lecture. Eglantine, pour obéir à sa mère, lisait à sa toilette, et dans l'après-midi; c'est-à-dire qu'elle tenait un livre, car elle lisait avec si peu d'attention, qu'il était impossible qu'elle acquît la plus légère instruction; aussi, à seize ans, elle était d'une ignorance d'autant plus inexcusable, qu'on n'avait rien épargné pour son éducation; elle ne savait ni l'histoire, ni la géographie, ni même l'orthographe; elle était également hors d'état de faire un extrait et d'écrire une lettre; et, quoiqu'elle eût appris pendant dix ans l'arithmétique, il n'y avait guère d'enfants de huit ans qui ne comptassent mieux qu'elle.

Doralice devait éprouver encore des peines bien plus sensibles. Eglantine, plus indolente que jamais, lui causait tous les jours de nouveaux chagrins. A dix-sept ans, elle avait encore tous les maîtres qu'on quitte ordinairement à quatorze; elle n'avait de goût pour aucune espèce d'occupation. Cependant, comme son cœur était bon, et qu'elle aimait sa mère, elle essayait quelquefois de vaincre sa nonchalance naturelle; alors on était étonné de l'intelligence et des dis-

positions qu'elle montrait; le cœur sensible de
Doralice se rouvrait à l'espérance et à la joie;
mais ce bonheur durait peu; au bout de cinq ou
six jours, Eglantine retombait dans son apathie
ordinaire : elle sentait confusément ses torts, et
cette connaissance, au lieu de lui donner le désir
de les réparer, ne lui inspirait que du décourage-
ment. D'ailleurs, accoutumée à ne point penser,
c'est-à-dire ne réfléchissant jamais, elle ne voyait
pas toute l'ingratitude qu'il y avait à répondre si
mal aux soins de la plus tendre des mères; elle se
disait seulement : « Il est vrai que j'ai causé beaucoup de dépenses inutiles, mais cette dépense
n'a pu déranger une fortune aussi considérable
que celle de mon père; au reste, je suis jeune,
je suis riche, je puis bien me passer d'instruction et de talents ». C'est comme si elle eût dit :
*Je puis me passer de montrer ma reconnaissance
à ma mère, je puis bien me passer de faire son
bonheur, et, en même temps, d'être aimable et
d'être aimée.* Voilà comme on raisonne quand
on est incapable de réfléchir.

Eglantine, n'ayant aucun désir de plaire et
d'obtenir l'approbation de ceux qui l'entou-
raient, n'avait nulle espèce de considération dans
la maison de sa mère : les domestiques et les
amis de Doralice la regardaient toujours comme
une enfant; elle était si peu obligeante et si sin-
gulièrement insipide, faute de réflexion; elle
disait si souvent des choses déplacées, qu'elle

était dans la société également importune, ennuyeuse et désagréable. Toute contrainte lui paraissait insupportable, et presque tout était contrainte pour elle; tous les usages reçus dans le monde lui semblaient tyranniques; elle trouvait la politesse gênante, et elle n'était à son aise qu'avec des personnes subalternes et sans éducation. Loin de rechercher les conseils dont elle avait besoin, elle les craignait, parce qu'elle sentait qu'elle n'aurait pas le courage de les suivre; aussi, quand Doralice lui représentait les inconvénients de son caractère, Eglantine l'écoutait avec plus de dépit que de repentir. Ces conversations étaient toujours suivies d'un embarras et d'une humeur de la part d'Eglantine, qu'elle ne pouvait ni vaincre ni dissimuler; car, accoutumée à céder lâchement aux impressions qu'elle recevait, n'ayant aucun empire sur elle-même, elle aimait toujours mieux aggraver ses torts que de se donner la peine de chercher les moyens de les réparer.

Eglantine, en prenant tant de nouveaux défauts, n'avait perdu aucun de ceux qu'on lui reprochait dans son enfance. Enfin elle atteignit sa dix-huitième année, époque heureuse pour elle, parce que c'était celle où l'on devait congédier sans retour tous les maîtres. Ce jour même, Doralice vint le matin dans la chambre d'Eglantine; elle tenait un livre, elle le posa sur une table, et s'asseyant auprès de sa fille :

—Vous avez aujourd'hui dix-huit ans, lui dit-elle; c'est l'âge où l'éducation est ordinairement finie; j'ai fait pour vous jusqu'à ce moment tout ce que je pouvais faire, je vous en apporte la preuve. Voici le journal dont je vous ai parlé souvent, il contient le détail de toutes les choses que vous avez perdues depuis votre enfance, et de toutes les dépenses inutiles que vous avez occasionnées; j'y ai joint les anciens mémoires de votre gouvernante, ceux de votre femme de chambre, etc. J'ai fait le relevé de ces différentes sommes; ce qui produit un total de cent trois mille francs...

— Ah! maman, s'écria Eglantine, est-il possible!...

— Et vous croyez bien que je ne fais pas entrer dans ce calcul les dépenses nécessaires tant pour votre entretien que pour les maîtres qui ont réussi à vous apprendre quelque chose. Par exemple, vous avez une jolie écriture, vous lisez passablement la musique : je n'ai point parlé de ces deux maîtres dans mon journal, quoique j'aie été obligée de vous les conserver beaucoup plus longtemps que je n'aurais fait si vous eussiez eu plus d'application. J'ai dû mettre encore au nombre des dépenses perdues tout ce qu'ont coûté les maîtres d'instruments, de dessin, de géographie, d'histoire, de blason, d'arithmétique, etc., sans oublier la maîtresse qui vous a appris à broder pendant deux ans, et l'énorme quantité de soie, de chenilles, de paillettes, de satin, de velours, etc., que vous avez dépensée sans avoir jamais fait un ouvrage qui pût servir...

— Mais, repartit Eglantine, cent trois mille. francs ! je ne puis le concevoir.

— Votre surprise cessera, dit Doralice, si vous voulez vous rappeler ce que je vous ai dit mille fois, qu'il n'est point de petites dépenses qui, souvent répétées, ne deviennent exorbitantes, et par conséquent ruineuses : un exemple vous en fera juger. Vous avez deux montres : depuis l'âge de huit ans jusqu'à ce moment, vous n'avez point passé de mois sans les envoyer chez l'horloger ou chez le bijoutier, tantôt pour y remettre des glaces, ou même un cadran neuf, ou pour faire raccommoder la répétition, et tantôt pour y faire remettre des aiguilles ou des diamants, etc. Il n'y a pas de mois que ces montres n'aient au moins coûté sept ou huit francs d'entretien; il y en a beaucoup où elles ont coûté trois ou quatre louis; de manière qu'au bout de dix ans ce seul article se monte à cent huit louis. On doit bien regretter l'argent qu'on a prodigué ainsi, en songeant à combien d'autres usages on aurait pu l'employer. Cent trois mille francs que vous avez perdus, ma fille, auraient pu assurer un sort heureux à plus de vingt familles infortunées.

Cette dernière réflexion de Doralice fit couler les larmes d'Eglantine; elle prit une des mains de sa mère, et la serrant dans les siennes :

— Oh! que je suis coupable! s'écria-t-elle...
Mais, ma chère maman, quoique je sois sans talents, quoique je n'aie pas d'instruction, cependant il me reste les éléments de tout ce qu'on m'a appris...

— Sans doute, reprit Doralice; et, si vous vouliez vous appliquer, étudier sérieusement, vous pourriez encore regagner une partie de l'argent que vous avez perdu; mais il faudrait que vous eussiez désormais autant de persévérance et d'activité que vous avez montré jusqu'ici d'inconstance et de paresse.

A ces mots, Eglantine soupira et tomba dans la rêverie.

— Je sais, continua Doralice, que votre fortune et les louanges qu'on donne à votre figure, vous persuadent que vous avez moins besoin de talents et de grâces que beaucoup d'autres personnes; mais, parce qu'on possède les avantages les plus fragiles et les moins estimables de tous, est-ce une raison pour dédaigner ceux qui seuls peuvent procurer des suffrages véritablement flatteurs? Est-ce la beauté qui fait aimer? Séparée des grâces, elle n'a même pas le droit de plaire. Sont-ce les richesses qui rendent heureux? N'êtes-vous pas consumée d'ennui, toujours mécontente des autres et de vous-même?... D'ailleurs, connaissez-vous l'état des affaires de votre père? et s'il se ruinait?...

Ces derniers mots réveillèrent l'attention d'E-

glantine; elle regarda sa mère avec une espèce
d'effroi. Doralice cessa de parler, et, après quelques moments d'un morne silence, qu'Eglantine
n'osait rompre, elle reprit la parole, changea
d'entretien, et, au bout d'un demi-quart d'heure,
elle se leva, sortit, et laissa sa fille accablée de
tristesse et d'inquiétude.

Les alarmes d'Eglantine n'étaient que trop
fondées. Mondor, son père, aussi insatiable que
Doralice était modérée, n'avait pu se contenter
de deux cent mille livres de rente; il s'était en-
gagé dans des entreprises immenses, et courait à
grands pas vers sa ruine totale. Doralice ne connaissait pas toute l'étendue de son malheur, mais
elle en soupçonnait une partie, et c'est ce qu'elle
avait voulu faire entendre à sa fille. Mondor,
mieux instruit, dans l'espoir de conserver son
crédit, tâchait de cacher le mauvais état de ses
affaires; mais bientôt plusieurs banqueroutes de
ses associés en découvrirent le désordre affreux.
Mondor n'avait pas une âme faite pour supporter
l'adversité; il tomba malade, et les soins de Doralice et d'Eglantine ne purent l'arracher au tré-
pas; il expira en détestant l'ambition et la cupi-
dité, funestes causes et de sa ruine et de sa mort.
Doralice alors s'occupa du soin de satisfaire tous
ses créanciers. La fortune entière de Mondor n'y
put suffire : Doralice possédait une terre de
quinze mille livres de rente, sur laquelle les
créanciers n'avaient aucun droit; mais, afin de

compléter la somme nécessaire pour payer les dettes de son mari, elle abandonna pour six années les revenus de cette terre, le seul bien qui lui restât. Eglantine sacrifia au même usage tous les diamants qu'elle tenait de sa mère.

Ces arrangements faits, il ne restait à Doralice, pour vivre pendant six ans, que ses bijoux et quelque argenterie : elle les vendit, et en eut vingt mille francs.

— Il faut, dit Doralice à sa fille, que nous allions habiter un pays où l'on puisse vivre pendant six ans avec la somme qui nous reste ; mon intention est de m'établir en Suisse jusqu'au moment où je recouvrerai la terre dont j'ai cédé les revenus.

— O ma mère ! s'écria douloureusement Eglantine, vingt mille francs ! voilà donc tout ce qui vous reste !... Quelle pensée pour moi, quand je me rappelle tout ce que je vous ai coûté !...

— N'y pense plus, interrompit Doralice en l'embrassant. Si j'eusse prévu les malheurs que le sort nous réservait, tu n'aurais jamais su un détail dont le souvenir est une peine de plus pour toi ; je l'ai brûlé, ce journal ; et tout ce qu'il contenait est pour jamais effacé de ma mémoire...

— Ah ! reprit Eglantine, en tombant aux pieds de sa mère, j'éprouve un repentir trop vrai pour les oublier jamais, ces fautes que vous me pardonnez avec tant de générosité !... Le désir et l'espoir de les réparer et de faire votre bonheur

peuvent seuls maintenant m'attacher à la vie...
O maman! je le sais, une fille digne de vous
pourrait vous consoler de vos malheurs : eh
bien! je me corrigerai, j'acquerrai les vertus qui
me manquent. Il vous faut une amie : je devien-
drai la vôtre; et, pour obtenir un titre si cher, je
pourrai tout sur moi-même...

Pendant ce discours, Doralice contemplait
avec ravissement Eglantine baignée de larmes et
serrant ses genoux; elle la releva, la prit dans
ses bras, et la pressant contre son sein :

—Tu me fais éprouver dans cet instant, dit-
elle, toute la joie que le cœur d'une mère peut
ressentir; va, ne gémis plus sur mon sort...

En prononçant ces paroles, Doralice ne pouvait retenir ses pleurs; mais ces larmes étaient
les plus douces qu'elle eût jamais versées. Le
soir même qui suivit cet entretien, Eglantine se
plaignit d'un violent mal de tête. Le lendemain
on lui trouva de la fièvre. Doralice envoya chercher un médecin, qui, après avoir attentivement
examiné la maladie, déclara qu'elle avait tous
les symptômes qui précèdent la petite vérole. Il
ne se trompait pas : cette maladie se manifesta
de la manière la plus inquiétante; le médecin ne
cacha point à Doralice que la petite vérole était
confluente et de la plus mauvaise qualité. Doralice, accablée de désespoir, ne quitta plus le chevet d'Eglantine, et passa quatre jours dans cette
mortelle inquiétude. Eglantine, dans les accès

d'un délire affreux, recevait les soins de sa mère sans la reconnaître; elle était dans ses bras et l'appelait en s'écriant douloureusement : « Ma mère m'abandonne!... Je l'ai mérité!... Je ne l'ai pas rendue heureuse!... Je meurs sans recevoir sa bénédiction!...O mon Dieu! pardonnez-moi ».

Ces discours, entrecoupés de soupirs et de sanglots, perçaient l'âme de Doralice : en vain elle répondait à sa fille, en vain elle la baignait de ses larmes. Eglantine ne l'entendait pas, et recommençait toujours ses tristes plaintes. La maladie faisant de rapides progrès, se porta surtout au visage d'Eglantine, et bientôt couvrant ses yeux d'une croûte épaisse, la priva totalement de la lumière. Ce nouvel accident, assez ordinaire dans la petite vérole, n'inquiéta pas d'abord; mais ensuite il devint si considérable, que le médecin en fut vivement alarmé, et ne put dissimuler à Doralice qu'il craignit qu'Eglantine ne perdît la vue pour jamais.

— O ciel! s'écria la malheureuse mère, ma fille serait aveugle?...

— Le mal, reprit le médecin, ne me paraît pas encore sans remède, et je vais vous en proposer un qui m'a réussi dans une circonstance semblable; il s'agit de donner un cours à l'humeur qui se porte sur les yeux... Avec de l'argent il n'est point de secours qu'on ne puisse obtenir, surtout à Paris... Il ne serait pas difficile de trouver une personne dans la misère qui voulut consentir à rendre à mademoiselle votre fille le service pénible et dégoûtant qui pourrait lui conserver la vue; mais il serait à désirer que cette personne fût parfaitement saine...

— Quel service? interrompit vivement Doralice, et que voulez-vous dire?

— Il faudrait, répondit le médecin, que quelqu'un consentît à sucer doucement le venin qui se porte sur les yeux de mademoiselle votre fille.

— O Dieu! je vous rends grâces, s'écria Doralice, je vous rends grâces de m'avoir donné un sang pur et une bonne santé... Allons, Monsieur, continua-t-elle en se retournant vers le médecin, ne perdons point de temps, allons chez ma fille, venez...

— Quoi! Madame, dit le médecin, serait-il possible que vous voulussiez vous charger vous-même d'une opération semblable!... quand vous pourriez, avec de l'argent...

— Qui, moi! j'abuserais ainsi de la misère d'un infortuné, je le forcerais à vaincre un dégoût invincible pour lui, et si facile à surmonter pour moi! pouvant faire une action de mère, j'en ferais une inhumaine et lâche!...

— Mais, Madame, aurez-vous le courage?...

— Je suis mère, ma fille est en danger! et vous doutez de mon courage!...

— Mais vous exposez votre santé...

— Venez, ne différons plus.

En disant ces mots, Doralice, sans écouter davantage le médecin, l'entraîna dans la chambre de sa fille.

Eglantine avait repris toute sa connaissance depuis la veille. Doralice, en l'engageant à souffrir le remède ordonné par le médecin, se garda bien de lui dire qu'elle-même se chargeait de l'opération.

— J'ai trouvé, lui dit-elle, une femme disposée à vous rendre ce service, et elle en sera si bien récompensée que vous ne devez pas la plaindre?

— Comment ne plaindrais-je pas une personne assez infortunée pour se décider à se charger de cette horrible opération! Ne peut-on me rendre la vue qu'à ce prix?...

— Songez à votre mère, reprit Doralice, songez à sa mortelle inquiétude! D'ailleurs, cette femme ayant eu la petite vérole ne peut craindre la contagion de la maladie. Enfin, ma fille, j'exige de vous cette preuve de soumission.

On fit entrer une femme qui s'approcha du lit de la malade, et qui l'assura d'un ton ferme de son zèle et de son courage.

— Allons, dit Doralice, commencez donc cette opération : je vous laisse, et je reviendrai quand elle sera finie.

En disant ces paroles, Doralice feignit de sortir de la chambre; ensuite elle se rapprocha doucement du lit d'Eglantine, elle se mit à la place de la femme, qui se tint derrière elle afin qu'E-

glantine, de temps en temps, pût entendre cette
voix inconnue qui lui avait parlé d'abord. Eglantine, croyant sa mère sortie, conjura le médecin
de différer encore un moment l'opération; alors,
croyant s'adresser à la femme inconnue, elle saisit une des mains de sa mère, et la serrant dans
les siennes :

— Malheureuse femme, lui dit-elle, pardonnez-moi l'affreuse extrémité où vous réduit la
fortune... Je sens trembler votre main!... Vous
pressez la mienne!... Implorez-vous ma pitié?...
Cette opération est-elle au-dessus de vos forces?
Ah! je le conçois... Ah! Dieu! poursuivit Eglantine, elle me serre dans ses bras! je l'entends
pleurer...

— Vos discours, interrompit le médecin, et
votre humanité l'attendrissent; vous changez
son zèle en affection.

A ces mots, la voix inconnue prit la parole,
protesta que sa résolution était inébranlable; et
qu'elle lui coûtait mille fois moins qu'Eglantine
ne pouvait l'imaginer. Quand elle eut cessé de
parler, le médecin imposa silence à tout ce qui
était dans la chambre, et fit commencer l'opération, qui dura à peu près six minutes. Au bout
de ce temps, le médecin renvoya la femme, en
lui recommandant de venir le soir; ce qu'elle
promit, après avoir reçu les plus tendres remer-
ciements d'Eglantine.

Ce secours, renouvelé plusieurs fois, produisit

un mieux sensible. Enfin, le troisième jour, le médecin déclara qu'on n'emploierait plus qu'une fois ce remède si affligeant pour Eglantine. Durant cette dernière opération, Eglantine, se croyant toujours dans les bras d'une femme étrangère, tout à coup fit un cri de joie, en s'écriant :

— J'aperçois le jour!

En disant ces paroles, elle lève la tête pour voir celle qui lui rendait la vue; mais, au lieu de la figure inconnue quelle cherche, quel est l'excès de sa surprise et de son saisissement, en reconnaissant le visage chéri de sa mère!...

— Juste Dieu! s'écria-t-elle, quoi! c'est vous! c'est ma mère!

Ses sanglots lui coupent la parole; et, se jetant sur le sein de Doralice, elle ne peut d'abord exprimer les transports passionnés de sa reconnaissance que par des larmes... Le médecin lui confirme qu'elle n'a jamais dû qu'à Doralice tous les secours qu'elle a reçus.

— O ma mère! dit Eglantine, combien la vie me devient chère!... Qu'il me serait douloureux de la perdre avant d'avoir pu vous témoigner ma tendresse et ma reconnaissance!... Je ne veux vivre que pour faire votre bonheur, et je ne puis être heureuse que par vous...

Eglantine parlait avec tant d'action et de feu, que le médecin fit cesser une conversation qui aurait pu redoubler sa fièvre.

Depuis ce jour, la maladie ne donna plus d'inquiétude; mais le médecin déclara qu'elle laisserait des traces fâcheuses sur la figure d'Eglantine. En effet, Eglantine perdit sa beauté, quoiqu'elle ne fût pas excessivement marquée de la petite vérole, et qu'elle n'eût aucune couture sur le visage; elle avait perdu ses cheveux, ses traits étaient grossis. Sachant combien elle était changée, elle n'eut aucun empressement de se regarder dans un miroir; cependant, lorsqu'elle se leva pour la première fois, elle ne put éviter de se voir. Sa mère lui donnait le bras, et, en la conduisant vers une chaise longue, elle la fit passer devant une glace. Eglantine, en jetant les yeux sur la glace, ne put s'empêcher de tressaillir, et s'arrêtant :

— Est-ce là, dit-elle, cette figure qu'on louait tant il y a trois semaines?

— Quel serait votre sort, reprit Doralice, si vous aviez eu la folie d'attacher un grand prix à cette beauté fragile qu'un instant peut enlever... et qu'il faut nécessairement perdre dans le court espace de quelques années !...

Eglantine, éclairée par le malheur et par la reconnaissance, sut vaincre tous ses défauts, et devint aussi raisonnable, aussi active, aussi digne d'être aimée qu'elle avait été indolente, paresseuse, inconstante et légère. Aussitôt que sa santé fut entièrement rétablie, Doralice partit avec elle pour la Suisse. Les deux voyageuses se rendirent

d'abord à Lyon, prirent ensuite la route de Genève; elles passèrent par le fort de l'Ecluse
(entre Châtillon et Coulonges), très remarquable
par la singularité de sa situation. Elles s'arrêtè-
rent à Bellegarde, pour y voir ce que les gens du
pays appellent *la perdition du Rhône*. C'est un
endroit près du pont du Luce, où l'on voit, en
effet, le Rhône se perdre sous d'énormes rochers,
dans de vastes gouffres, et reparaître ensuite en
se précipitant en cascades sous d'autres rochers.
Ce lieu, environné de montagnes, de précipices
profonds, de rochers couverts de mousse et de
verdure, suffirait seul pour dégoûter à jamais de
ces froids jardins à l'anglaise où l'on a voulu fol-
lement imiter de semblables effets.

Après avoir passé quelques jours à Genève,
Doralice parcourut les rives charmantes du lac,
dans l'intention de chercher une maison où elle
pût s'établir; et elle prit la résolution de se fixer
à Morges, jolie ville entre Genève et Lausanne,
sur le bord du lac et dans une situation ravissante.

Doralice loua une petite maison dans cet
agréable séjour; les fenêtres du salon donnaient
d'un côté sur les campagnes riantes et fertiles, et,
de l'autre, elles laissaient voir le lac de Genève,
et, par-delà, les immenses montagnes chargées de
glace qui le bornent. On ne peut se faire une
idée de ces montagnes; elles offrent mille aspects
différents dans un jour, par l'effet de divers acci-

dents de lumière qui s'y succèdent. Au lever de l'aurore, leurs sommités et leurs rochers sont couleur de rose, et les monceaux de glace qui les couvrent ressemblent à des nuages transparents. Quand le soleil devient plus vif, les montagnes prennent des couleurs plus foncées, et paraissent successivement gris de lin, violettes et bleu brun. Au coucher du soleil, elles se dorent; on croit voir d'énormes masses de topazes, et les yeux sont éblouis de l'éclat brillant de leurs couleurs. Le lac de Genève présente des variétés aussi piquantes. Lorsqu'il est tranquille, son onde pure et limpide réfléchit la couleur des cieux; mais, lorsqu'il est agité, il ressemble à la mer : il en produit le bruit imposant, il en a la majesté. Tour à tour tumultueux et paisible, il attire, il charme, il étonne les yeux par des spectacles toujours nouveaux.

Eglantine ne pouvait se lasser de contempler cette vue ravissante.

—Que tout ce que j'ai admiré jusqu'ici, disait-elle, me paraîtrait insipide à présent! avec quelle indifférence je reverrai les environs de Paris, ces plaines monotones, et ces jardins si vantés! me voilà brouillée pour toujours avec les rivières factices, les petits rochers et les petites montagnes...

— Si vous aviez fait le voyage d'Italie, ajouta Doralice, vous n'aimeriez pas davantage *les petites ruines...*

— Il me semble, reprit Eglantine, que les poètes et les peintres ne devraient ni décrire les beautés de la nature, ni faire des paysages, sans avoir vu l'Italie et la Suisse.

— Je suis de votre avis, répondit Doralice; Auteuil et Charenton peuvent inspirer de jolis vers, mais non les grandes idées qui produisent dans ce genre des ouvrages immortels. Louis Bakhuifen, fameux peintre hollandais, s'exposa mille fois sur la mer agitée par de violentes tempêtes, pour observer le mouvement des vagues, le choc et les débris des vaisseaux échoués contre les écueils, le travail et le trouble des matelots épouvantés. Le célèbre Rugendas, peintre de batailles, vit le siège, le bombardement, la prise et le pillage d'Augsbourg. Il brava la mort plusieurs fois, afin de considérer à loisir les effets des boulets et des bombes, et toutes les horreurs d'un assaut. On l'a vu dessiner au milieu du carnage, et en rapporter les dessins exécutés avec le même soin que s'ils eussent été faits dans son cabinet. Vander-Meulen suivit Louis XIV dans toutes ses conquêtes, dessinant sur les lieux les villes fortifiées et leurs environs, toutes les différentes marches de l'armée, les campements, les haltes et les escarmouches, afin d'en composer les tableaux qu'il fit de l'histoire de ce prince. Voilà l'activité, le courage que peut donner le noble désir de se distinguer : mais quand on préfère à la vraie gloire les petits succès du moment,

on n'a besoin ni d'instruction ni de grands talents.

Eglantine écoutait sa mère avec un plaisir
qu'elle n'avait jamais éprouvé. Autrefois, insensible aux charmes si doux de la conversation,
son indolence et sa distraction l'empêchaient d'y
prendre part; mais ses malheurs avaient produit
en elle une révolution aussi subite qu'étonnante.
Son caractère était absolument changé; elle réfléchissait, elle sentait vivement, et elle goûtait
une satisfaction inexprimable à s'entretenir avec
sa mère. D'ailleurs, voulant dédommager Doralice de tous les chagrins qu'elle lui avait causés
par son indolence, elle s'occupait avec une activité qui la fatigua d'abord, mais qui bientôt cessa
de lui paraître pénible. La lecture, la musique
et le dessin remplissaient tous ses moments.
Comme elle s'appliquait véritablement, l'étude
et le travail loin de l'ennuyer, l'amusaient et
l'attachaient également. Dans les commence-
ments, elle n'avait été guidée que par le désir de
rendre sa mère heureuse et de lui prouver sa reconnaissance; mais ensuite, charmée et surprise
elle-même de la rapidité de ses progrès, elle étu-
dia pour son propre plaisir; et, à force d'ardeur,
de patience et d'application, elle parvint à regagner tout le temps qu'elle avait perdu. Elle acquit des connaissances solides et des talents su-
périeurs; l'agréable séjour qu'elle habitait lui
devenait tous les jours plus cher.

Comme deux personnes peuvent vivre à Morges dans l'aisance avec mille écus par an, elle ne s'apercevait pas de la perte de sa fortune ; elle occupait une maison commode; elle avait un cabinet charmant. Assise à son bureau, elle voyait le lac et les montagnes; elle trouvait que cette vue valait bien celle de la Seine et des boulevards. Elle faisait beaucoup meilleure chère que dans le temps de son opulence; de bons fruits, du gibier, le laitage délicieux de la Suisse, l'excellent poisson du lac de Genève, ne lui laissaient rien à désirer à cet égard. Morges, ses environs et Lausanne lui offraient de plus toutes les ressources de société qu'on peut souhaiter.

Il y avait plus de dix-huit mois que Doralice habitait Morges, sans qu'elle eût pu se résoudre à s'en éloigner et à voyager dans la Suisse, comme elle en avait toujours eu le projet. Cependant, voulant faire connaître à sa fille un pays si intéressant, elle se décida enfin à quitter pour quelque temps sa petite maison. Elle partit avec Eglantine sur la fin de juin, et alla d'abord à Berne, ville charmante par sa régularité et la beauté de sa situation. Ses rues sont extrêmement larges et coupées dans le milieu par un petit ruisseau d'une eau coulante et pure. Des deux côtés des rues, il y a de belles arcades qui forment des galeries couvertes, pavées en larges pierres de taille ; et le fond de ces arcades, si commodes pour les gens à pied, est rempli de jolies boutiques. Les promenades de Berne sont ravissantes, et la terrasse, située sur l'Aar, présente de tous côtés une vue admirable.

Doralice passa quelques jours à Berne; et, après avoir été à Indelbank, village où l'on voit de superbes tombeaux, elle partit de Berne, et dirigea sa route vers les fameuses glacières de Grindelwald, à vingt lieues de Berne.

De toutes les glacières qui se trouvent dans les Alpes, la plus remarquable est celle de Grindelwald, auprès d'un village qui porte son nom. Le sommet de la montagne est occupé par un immense réservoir d'eau glacée. La roche qui sert de bassin à ce lac est d'un marbre noir veiné de blanc; la partie qui descend en pente est d'un beau marbre varié. Les eaux superflues du lac et des glaçons qui sont à la surface, obligées de s'écouler et de rouler successivement sur un plan incliné, forment ce qu'on appelle particulièrement *les glacières*, c'est-à-dire cet assemblage de glaces en pyramides qui tapissent toute la pente de la montagne. Rien n'est comparable à la beauté de ce brillant amphithéâtre, couvert de tours et d'obélisques qui paraissent être du cristal le plus pur, et qui s'élèvent à plus de dix ou quinze mètres. Ce spectacle est éblouissant, surtout lorsqu'en été le soleil darde ses rayons sur ces groupes de pyramides glacées. Alors toute la glacière commence à fumer et à jeter un éclat que les yeux ont peine à soutenir. Le vallon est bordé des deux côtés par deux montagnes couvertes de verdure et d'une forêt de sapins.

Doralice et sa fille, après avoir vu Grindel-wald, continuèrent leur voyage dans l'intérieur de la Suisse; et elles allèrent à Zurich. Il y avait deux ans que Doralice avait quitté Paris : Eglan-tine touchait à sa vingtième année; elle faisait les délices de sa mère, et ne connaissait le bon-heur que depuis qu'elle habitait Morges. Reve-nue à Morges, Eglantine épousa un jeune homme riche et surtout vertueux.

... le prenant par la main... (page 98)

L'HOSPITALITÉ RÉCOMPENSÉE

Le czar Iwan se déguisait quelquefois, afin d'apprendre d'une manière certaine ce que le peuple pensait de son gouvernement. Un jour qu'il se promenait seul aux environs de Moscou, il entra dans un village, et, feignant d'être excédé de fatigue, il demanda l'hospitalité : il avait des habits déchirés, tout en lui annonçait la misère; ce qui aurait dû exciter la compassion, et surtout engager à le recevoir, ne lui attira que des refus. Plein d'indignation de la dureté de ces méchants habitants, il allait quitter le village, lorsqu'il s'aperçut qu'il y avait une maison à laquelle il ne s'était point adressé; c'était la chau-

mière la plus pauvre et la plus petite du village.
L'empereur s'en approche, et frappe doucement à
la porte; au même instant un paysan arrive, et
demande à l'étranger ce qu'il désire.

— Je meurs de lassitude et de faim, répond le
czar, pouvez-vous me recueillir pour cette nuit?

— Hélas! dit le paysan en le prenant par la
main, vous me trouvez dans un grand embarras.
Ma femme est malade: ses cris vous empêcheront
de prendre du repos; mais venez: au moins vous
ne souffrirez pas du froid, et nous partagerons
notre souper avec vous.

En achevant ces mots, le paysan fait entrer le
czar dans une petite chambre remplie d'enfants.
Un même berceau en contenait deux, qui dor-
maient profondément. Une petite fille de trois
ans, couchée sur une natte auprès de ses frères,
dormait aussi, tandis que ses deux sœurs aînées,
l'une âgée de six ans, l'autre de sept étaient à
genoux, priant Dieu en pleurant pour leur
mère, qui occupait la chambre voisine, et dont
on entendait distinctement les plaintes et les
gémissements.

— Restez ici, dit le paysan à l'empereur; je vais
vous chercher à souper.

En disant ces mots, il sortit. Un instant après
il revint. Il apportait de l'hydromel, du pain noir
et des œufs.

— Voilà, dit-il, tout ce que nous avons: soupez

avec mes filles : pour moi, je vais soigner ma
femme.

— La bonne action que vous faites en me
recevant si bien, dit le czar, doit vous porter bonheur. Oui je n'en doute pas, le ciel récompensera
votre charité.

— Mon ami, reprit le paysan, priez Dieu pour
ma femme : c'est tout ce que j'ai à désirer...

— Vous vous trouvez donc heureux !...

— Heureux! jugez-en : j'ai cinq enfants qui
viennent bien, une femme que j'aime, un père et
une mère qui se portent bien; et mon travail
suffit pour faire subsister tout cela.

— Et votre père et votre mère logent avec
vous?

— Assurément; ils sont là-dedans avec ma
femme.

— Cette cabane est si petite !...

— Elle est assez grande, puisqu'elle peut nous
contenir tous.

En achevant ces paroles, le paysan alla retrou-
ver sa femme, qui enfin venait de donner le jour
à un bel enfant. Le bon paysan, transporté de
joie, apporta son enfant au czar :

— Voilà, dit-il, le sixième qu'elle me donne;
Dieu me le conserve, ainsi que les autres! Voyez,
ajouta-t-il, comme il est gros et bien portant!

Le czar prit l'enfant dans ses bras, et, le regardant avec attendrissement :

— Je me connais un peu en physionomie,

dit-il; celle de cet enfant est bien heureuse; je parierais qu'il fera une grande fortune.

Le paysan sourit. Dans ce moment, les deux petites filles s'approchèrent pour baiser le nouveau-né, que la vieille grand-mère vint reprendre. Les deux petites la suivirent, et le paysan, étendant à terre une natte de paille, invita l'étranger à s'y coucher avec lui. Au bout d'un moment, le paysan s'endormit du plus paisible sommeil. Une petite lampe répandait une faible lueur dans la chambre. Le czar, se soulevant, jeta ses regards autour de lui, considéra avec intérêt le paysan et ses trois petits enfants endormis. Un silence profond régnait dans la chaumière.

— Quelle tranquillité! dit l'empereur, quel calme! Homme simple et vertueux!... comme il dort paisiblement sur cette natte! Les remords, les soupçons, les projets ambitieux ne troublent point son repos. Son sommeil est délicieux; c'est celui de l'innocence!...

De semblables réflexions occupèrent l'empereur toute la nuit. Aussitôt que parut le jour, le paysan s'éveilla, et le czar, prenant congé de lui:

— Je retourne à Moscou, lui dit-il; j'y connais un homme bienfaisant; je vais lui parler de vous, et je suis sûr que je l'engagerai à servir de parrain à votre enfant nouveau-né. Ainsi, promettez-moi de m'attendre pour la cérémonie du baptême. Je serai de retour ici dans trois heures au plus tard.

Le paysan n'attacha pas un grand prix à cette

promesse ; mais, par complaisance, il consentit à
ce que l'étranger demandait. Après cette assu-
rance, le czar partit sur-le-champ.

Cependant les trois heures s'écoulèrent, et le
paysan, ne voyant point revenir l'inconnu, se
disposa, suivi de sa famille, à porter son enfant à
l'église. Comme il allait sortir de la maison, on
entendit tout à coup un grand bruit de chevaux
et de voitures. Le paysan met la tête à la fenêtre
et voit la rue pleine de cavaliers et de superbes
carosses. Il reconnaît les gardes de l'empereur.
Aussitôt il invite sa famille à venir voir passer le
czar : chacun sort en tumulte, et se place devant
la porte de la chambre. Plusieurs voitures défi-
lent, et enfin celle du czar s'arrête vis-à-vis la
cabane du bon paysan. Dans ce moment, les gardes repoussent et font éloigner la foule des villa-
geois attirés par l'espérance d'entrevoir leur souverain. On ouvre la portière du carosse : le czar
descend, il aperçoit son hôte, et s'avançant vers
lui :

—Je vous ai promis un parrain, lui dit-il, je
viens remplir ma promesse. Donnez-moi votre
enfant, et suivez-moi à l'église.

A ces mots, le paysan, immobile de surprise,
regarde le czar avec un saisissement égal à sa
joie. Il contemple d'un air stupéfait l'habit magnifique du czar, les pierreries éclatantes dont il
est couvert, et le brillant cortège qui l'environne.
Au milieu de cet appareil pompeux, il ne peut

reconnaître ce pauvre inconnu avec lequel il a passé la nuit sur une natte. L'empereur jouit un moment de son incertitude et de l'excès de son étonnement; ensuite, reprenant la parole :

— Hier, lui dit-il, vous avez rempli les obligations qu'imposent la religion et l'humanité; aujourd'hui je viens m'acquitter du plus doux devoir d'un souverain, celui de récompenser la vertu. Je vous laisserai dans un état que vous honorez, et dont j'envie l'innocence et la tranquillité; mais je vous donnerai les biens qui vous manquent. Vous aurez de nombreux troupeaux, de beaux vergers, et une chaumière où vous pourrez avec aisance accordez l'hospitalité. Enfin je me charge à jamais, de l'enfant que j'ai vu naître cette nuit; car vous devez vous souvenir, ajouta le czar en souriant, que j'ai prédit qu'il *ferait une grande fortune.*

A ces mots, pour toute réponse, le paysan, pénétré de reconnaissance et baigné de larmes, alla chercher l'enfant, et vint le déposer aux pieds de son souverain. Le czar attendri prit l'enfant, le porta lui-même à l'église. Il le tint sur les fonts de baptême. Ensuite, ne voulant pas le priver du lait de sa mère, il le rapporta dans sa cabane, en annonçant qu'il le reprendrait quand il serait sevré. Le czar tint fidèlement toutes ses promesses. Il se chargea de l'éducation de l'enfant, qu'il éleva dans son palais et dont il fit la fortune, et il combla de bienfaits le bon paysan et sa vertueuse famille.

C'est maintenant que je suis ton esclave ! (page 107)

LES ESCLAVES
OU LE POUVOIR DES BIENFAITS

Snelgrave était un voyageur anglais, capitaine de vaisseau, et recommandable par son humanité. Il voyagea longtemps en Afrique. Il y fit ce qu'on appelle la traite des nègres, c'est-à-dire qu'il y acheta beaucoup d'esclaves, commerce affreux, que l'usage ne saurait autoriser puisqu'il outrage la nature, et qu'on ne peut faire sans s'exposer aux plus grands périls; car l'injustice et la tyrannie produisent presque toujours le désespoir et la révolte; aussi les Européens sont-ils obligés d'enchaîner sur leurs vaisseaux,

pendant la nuit, et durant la plus grande partie
du jour, les malheureux nègres qu'ils achètent;
malgré toutes leurs précautions, les esclaves
trouvent toujours les moyens de se réunir pour
former des complots, qui souvent coûtent la vie
à leurs maîtres.

Snelgrave acheta beaucoup de nègres sur les
bords de la rivière de Kallabar. Parmi ces infortunés il remarqua surtout une jeune femme qui
paraissait accablée de douleur. Touché des larmes
qu'il lui vit répandre, il la fit questionner par son
interprète, et il apprit qu'elle pleurait un enfant
unique qu'elle avait perdu la veille. On la conduisit sur le vaisseau de Snelgrave; et, le jour
même, le chef ou roi du canton, fit inviter Snelgrave à venir le voir. Snelgrave y consentit; mais,
connaissant la férocité de cette nation, il se fit
accompagner de dix matelots bien armés, et de
son canonnier. Il fut conduit à quelque distance
de la côte, où il trouva le roi assis sur un siége
élevé, à l'ombre de quelques arbres. L'assemblée
était nombreuse; une foule de seigneurs nègres
environnait le roi; et sa garde, composée d'environ cinquante hommes armés d'arcs et de
flèches, le sabre au côté et la zagaie à la main, se
tenait derrière lui à quelque distance; les Anglais, le fusil sur l'épaule, se rangèrent vis-à-vis
du roi.

Snelgrave présenta au roi quelques bagatelles
d'Europe; et, comme il achevait sa harangue, il

entendit des gémissements sourds qui le firent tressaillir. Il se retourna, et il aperçut un petit nègre attaché par la jambe à un pieu enfoncé dans la terre. Sur le bord d'un fossé, deux nègres d'un aspect hideux, armés de haches et vêtus d'une manière extraordinaire, paraissaient garder cet enfant, qui les considérait en pleurant, et en joignant ses petites mains d'un air suppliant. Le roi, en voyant l'émotion que ce spectacle étrange causait à Snelgrave, crut le rassurer en protestant qu'il n'avait rien à craindre de ces deux nègres qu'il considérait avec tant de surprise. Ensuite il expliqua gravement au voyageur que l'enfant était *une victime qu'on allait sacrifier au Dieu Egho pour la prospérité du royaume.* A ces mots Snelgrave frémit d'horreur. Il n'avait avec lui que dix hommes; la cour et la garde du prince africain formaient une troupe composée de plus de cent nègres; mais la compassion et l'humanité ne permirent pas à Snelgrave d'envisager tout ce qu'il avait à craindre et du nombre et de la férocité des barbares qui l'environnaient.

— O mes amis! s'écria-t-il en se retournant vers ses gens, sauvons ce malheureux enfant! venez, suivez-moi!...

En disant ces paroles, il s'élance vers le petit nègre. Les Anglais animés du même sentiment, se précipitent sur ses pas. Les nègres poussent des cris affreux, et fondent en tumulte sur la troupe anglaise. Snelgrave tire de sa poche un pistolet; le roi s'effraie. Snelgrave demande à être entendu. Le roi, d'un seul mot, calme la fureur des nègres, qui s'arrêtent et restent immobiles. Alors Snelgrave, par le moyen de son interprète, explique les motifs de son action, et finit en suppliant le roi de lui vendre la victime. Cette proposition est acceptée. Snelgrave était bien décidé à ne pas disputer sur le prix. Mais, heureusement pour lui, le roi nègre n'avait besoin ni d'or ni d'argent; il ne connaissait ni les diamants, ni les perles, et, croyant exiger beaucoup, il ne demanda qu'un collier de verre bleu, qui lui fut donné sur-le-champ. Alors Snelgrave vole vers l'innocente petite créature qu'il venait d'arracher à la mort, il tire son sabre pour couper la corde qui lui liait les jambes. L'enfant, effrayé, croit que Snelgrave veut le tuer : il jette un cri douloureux, Snelgrave le prend dans ses bras avec transport, et le presse contre son sein. L'enfant, rassuré, sourit et caresse son libérateur, qui, plein d'une émotion délicieuse et pénétré d'attendrissement, prend congé du roi nègre et retourne à son vaisseau. En arrivant sur son bord, Snelgrave rencontre cette jeune négresse qu'il avait achetée le matin. Elle s'était trouvée mal; et, baignée de larmes, elle était assise à côté du chirurgien du vaisseau, qui, n'ayant pu l'obliger à prendre de la nourriture, la faisait rester à l'air, dans la crainte qu'elle ne s'évanouit encore. Au moment où Snelgrave passait auprès d'elle avec

ses gens, elle tourna la tête ; et, tout à coup, apercevant le petit nègre que portait un matelot, elle
fait un cri perçant, se lève, se précipite vers l'enfant, qui la reconnaît, l'appelle et lui tend les
bras. Elle le reçoit dans les siens... Les résolu-
tions funestes qu'elle a formées, la perte de sa
liberté, les projets du désespoir, les maux affreux
qu'elle a soufferts, tout est oublié... Elle est
mère... Elle a retrouvé son fils!... Cependant elle
apprend de l'interprète tous les détails de l'action
de Snelgrave. Alors, tenant toujours son enfant
dans ses bras, elle court se jeter aux pieds de son
bienfaiteur.

— C'est maintenant, lui dit-elle, que je suis
ton esclave! Sans cet enfant, la mort m'eût cette
nuit délivrée de l'esclavage. Tu n'étais pour moi
qu'un tyran : tu m'as rendu mon fils, c'est me
donner plus que la vie; tu deviens mon père :
oui, tu peux compter désormais sur mon obéissance; cet enfant si cher en est le gage!...

Tandis que cette femme parlait avec le feu et
l'expression de la reconnaissance la plus passionnée, l'interprète expliquait son discours à
Snelgrave. Il ne pouvait recevoir un prix plus
doux de son humanité; mais il en reçut encore
de nouveaux fruits. Il avait sur son vaisseau plus
de trois cents esclaves. La jeune négresse leur
conta son aventure. Après avoir écouté ce récit
touchant, les nègres l'entourèrent en exprimant
leur admiration par des applaudissements redou-

blés; ils lui promirent une soumission sans bornes; et en effet, Snelgrave, pendant le reste du
voyage, trouva en eux tout le respect et l'obéissance qu'un père pourrait attendre de ses enfants.

Elle s'approche du berceau... (page 113)

PAMÉLA

OU L'HEUREUSE ADOPTION

Félicie, uniquement occupée de l'éducation de ses deux filles, vivait dans le sein d'une famille aimable qu'elle chérissait, ne voyant que ses parents et ses amis. Félicie s'applaudissait chaque jour de son bonheur. Elle avait le goût de l'occupation et de l'étude, une âme douce et sensible. Elle ne connut jamais la haine, elle abhorrait la vengeance, elle savait aimer : il n'est point de sacrifices que l'amitié n'eût le droit d'attendre d'elle ; enfin personne ne dédaigna jamais plus sincèrement *le faste et la fortune.*

109

Cependant les filles de Félicie commençaient à sortir de l'enfance ; Camille, l'aînée, atteignait à peine sa seizième année, lorsque Félicie, par la situation de ses affaires, se trouva forcée de la marier.

Camille, peu de temps après son mariage, tomba dangereusement malade. Félicie éprouva des inquiétudes qui, réunies aux veilles et aux insomnies, causèrent une altération dans sa santé, dont elle se ressentit longtemps après le rétablissement de sa fille. Comme sa poitrine parut s'attaquer, les médecins lui ordonnèrent les eaux de Bristol. Elle fut obligée de laisser sa chère Camille à Paris, entre les mains d'une belle-mère, et elle partit pour l'Angleterre avec Natalie, sa seconde fille, qui était alors dans sa treizième année.

Félicie n'avait pas eu la précaution de s'assurer d'une maison. Aussi, en arrivant à Bristol, elle ne put trouver qu'un logement d'autant plus désagréable, qu'il n'était séparé que par une cloison d'un autre appartement occupé par une Anglaise malade, et dans son lit depuis deux mois. Félicie, qui savait parfaitement l'anglais, questionna son hôtesse sur sa voisine, et elle apprit que cette malheureuse Anglaise se mourait de consomption. Elle était veuve : son mari, jeune homme d'une naissance distinguée, avait été déshérité par ses parents. En mourant il n'avait pu laisser à sa femme qu'une pension viagère ;

circonstance d'autant plus affligeante pour cette
femme infortunée, qu'elle avait une fille âgée de
cinq ans, qui perdrait avec sa mère tout moyen
de subsister. L'hôtesse termina ce récit par l'éloge
de Paméla (c'était le nom de l'enfant); elle assura
Félicie qu'il n'existait pas une plus charmante
petite créature. Cette histoire intéressa vivement
Félicie, et pendant toute la soirée elle ne s'en-
tretint avec Natalie que de leur malheureuse
voisine et de son enfant.

Félicie et sa fille habitaient la même chambre.
Il y avait environ deux heures qu'elles étaient
couchées; Natalie dormait profondément; sa
mère commençait à s'assoupir, lorsqu'un mouvement extraordinaire, qu'elle entendit dans la
chambre de l'Anglaise malade, la réveilla en sur-
saut. Elle prête une oreille attentive, et distingue
des gémissements. Alors, se rappelant que la
malade n'avait pour la servir qu'une femme de
chambre et une garde, Félicie imagine que peut-
être son secours ne sera pas inutile. Elle se lève
précipitamment, prend sa lampe de nuit, et sort
doucement afin de ne pas réveiller Natalie : elle
traverse une garde-robe où couchait sa femme de
chambre : en passant, elle lui recommande de ne
pas quitter Natalie; ensuite elle entre dans le
corridor. La porte de la malade était ouverte :
Félicie entend des accents entrecoupés de sanglots; elle avance en tremblant... Tout à coup
une femme de chambre en pleurs s'élance hors

de la chambre en s'écriant : *C'en est fait, elle n'est plus!...*

— O ciel! dit Félicie, et j'accourais pour vous offrir des secours !...

— Elle vient d'expirer, reprit la femme de chambre; ô mon Dieu! que deviendra sa malheureuse fille! J'ai moi-même quatre enfants : comment pourrai-je me charger de cette infortunée?...

— Où est-elle cette enfant? interrompit vivement Félicie...

— Hélas! Madame, l'innocente n'est pas en âge de connaître son malheur! Sait-elle seulement ce que c'est que la mort?... Elle chérissait sa pauvre mère! car jamais enfant ne fut plus sensible;... mais elle dort paisiblement dans la même chambre où sa mère vient de rendre le dernier soupir!...

A ces mots, Félicie frémit :

— Juste Dieu! s'écrie-t-elle; arrachons cette enfant d'un lieu si funeste!

En disant ces mots, Félicie se précipite vers la chambre; elle entre... Pour approcher du berceau de l'enfant, il fallait passer à côté du lit de la malheureuse Anglaise; Félicie tressaille et s'arrête. Elle fixe un instant ses yeux sur ce triste et touchant objet; ensuite, se mettant à genoux :

— O mère infortunée, dit-elle, quelle a dû être l'horreur de vos derniers moments!... Vous laissiez votre enfant sans appui, sans secours!... Ah!

du sein de l'éternité, j'aime à le croire, vous pouvez encore me voir et m'entendre!... Je me charge de votre enfant, et je ne lui laisserai point oublier celle qui lui donna la vie.

En achevant ces paroles, Félicie se lève, et, elle s'approche du berceau. Un rideau cachait l'enfant. Félicie, d'une main tremblante, l'écarte doucement, et découvre l'innocente petite orpheline. Elle contemple sa figure angélique. L'enfant dormait profondément à côté du lit funèbre. La sérénité de son front, la candeur de sa physionomie, qu'un doux sourire embellissait encore, la fraîcheur et l'éclat de son teint formaient avec sa situation un contraste aussi frappant que pathétique.

— Comme elle dort, dit Félicie, dans quel moment et dans quel lieu!... Allons, continua Félicie, en s'adressant à la femme de chambre, aidez-moi à transporter chez moi ce berceau.

La femme obéit avec joie; et l'enfant, sans se réveiller, est portée doucement dans l'appartement de Félicie. Natalie s'était levée : inquiète et troublée, elle accourt au-devant de sa mère, qui lui dit, en entrant dans la chambre :

— Approche, Natalie; je t'apporte une seconde sœur; viens la voir, et me promettre de l'aimer.

Natalie vole auprès du berceau; elle se met à genoux pour mieux considérer l'enfant. Félicie lui conte en peu de mots tout ce qui est arrivé. Natalie pleure en écoutant ce triste récit; elle

8

regarde tendrement la petite Paméla, en l'appelant sa sœur; elle voudrait être au lendemain, pour l'entendre parler et pour l'embrasser mille fois. Enfin il fallait se remettre au lit. Félicie ne put fermer l'œil durant le reste de la nuit : mais peut-on désirer le sommeil, quand c'est le souvenir d'une bonne action qui nous en prive?

A sept heures du matin, on entra dans la chambre de Félicie. Aussitôt que les fenêtres furent ouvertes, Paméla se réveilla. Félicie courut à son berceau. L'enfant, en l'apercevant, parut surprise; et puis, la regardant fixement, elle sourit et lui tendit les bras. Félicie la serra dans les siens avec transport. Cependant bientôt Paméla demanda sa mère. Ce nom de mère, dans sa bouche, attendrit Félicie :

—Votre maman, dit-elle, n'est plus ici...

A ces mots, Paméla fondit en larmes. Natalie voulut entreprendre de la consoler :

—Ah! dit Félicie, laissez-lui cette affection touchante! j'avais besoin de voir couler ses pleurs; songez à sa situation, Natalie, et vous éprouverez le même sentiment.

Quand Paméla fut habillée, elle se mit à genoux, et fit tout haut ses prières; Félicie tressaillit en lui entendant dire :

— *Mon Dieu, rendez la santé à maman!*

— Ne faites plus cette prière, dit Félicie, car votre maman ne souffre plus...

— Elle ne souffre plus! s'écria Paméla; ô mon Dieu, je vous en remercie!...

Ces paroles déchirèrent l'âme de Félicie.

— Enfant! interrompit-elle, ne dites que les prières que je vous dicterai; dites : *Mon Dieu, daignez accorder le bonheur à maman!*

Paméla répéta cette prière avec ferveur. Ensuite, se tournant du côté de Félicie :

— Permettez-moi, dit-elle, de demander encore à Dieu qu'il me fasse la grâce de rejoindre bientôt maman.

En achevant ces mots, elle s'aperçut que les yeux de Félicie se remplissaient de larmes; elle se leva et fut se jeter à son cou en pleurant. Dans ce moment on vint avertir Félicie que sa voiture était prête; elle prit sa petite Paméla dans ses bras, et, suivie de Natalie, elle sortit, monta en voiture, et ne revint à Bristol qu'au bout de quinze jours. Ne voulant plus retourner dans son premier logement, elle y loua une autre maison.

Chaque jour Félicie s'attachait davantage à Paméla : la douceur angélique, la sensibilité, la reconnaissance de cette enfant, lui faisaient goûter délicieusement le fruit de ses bienfaits. Après avoir passé trois mois à Bristol, Félicie quitta l'Angleterre et retourna en France. Toute sa famille, ainsi qu'elle, adopta l'aimable petite Paméla. Il était impossible de la voir sans s'intéresser à elle, et de la connaître sans l'aimer. Lorsqu'elle eut atteint sa septième année, Félicie

l'instruisit de son sort, et lui conta l'histoire de
la malheureuse Anglaise qui lui donna le jour.
Ce triste détail fit verser à Paméla des torrents de
larmes. Quand Félicie eut cessé de parler, elle se
jeta à ses pieds, et lui dit tout ce que la reconnaissance et la plus vive tendresse pourraient
inspirer de touchant et de sublime à la personne
de vingt ans la plus sensible. Telle était Paméla;
son âme l'élevait sans cesse au-dessus de son âge.
Lorsqu'elle parlait de ses sentiments, elle n'avait
plus le langage ni les expressions de l'enfance.
On pouvait citer d'elle mille traits charmants,
des réponses fines et délicates, une foule de mots
heureux et touchants que le cœur seul peut inspirer : cette sensibilité vive et profonde répandait
une grâce inexprimable sur toutes les actions de
Paméla; elle donnait à sa douceur un charme qui
pénétrait l'âme, embellissait sa figure. On voyait
mille fois Paméla avant de savoir si ses traits
étaient réguliers. On n'était frappé que de sa
physionomie intéressante, ingénue : on ne remarquait que l'expression céleste de son visage.
On ne pouvait ni l'examiner ni la louer comme
une autre. Elle avait toute l'envie de plaire et
d'obliger que donne un bon naturel; elle était
attentive, généreuse, complaisante, sincère autant que naïve. Enfin on trouvait en elle des qualités et des agréments dont la réunion est bien
rare. Elle avait de la finesse, de la franchise et de
l'ingénuité. Elle était aussi gaie que sensible,

aussi vive que douce. Les seuls défauts qu'eût
Paméla venaient même de cette extrême vivacité,
qui jamais ne lui causa le plus léger mouvement
d'impatience contre qui que ce fût, mais qui lui
donnait une étourderie que peu d'enfants ont
poussée plus loin. En voici un trait qui montrera
en même temps sa douceur, son respect et sa tendresse pour Félicie. Paméla, beaucoup moins
par négligence que par l'effet de sa vivacité et de
son étourderie, perdait sans cesse tout ce qu'on
lui donnait. Allait-elle se promener, elle ôtait
son chapeau pour mieux courir; et, rentrant dans
la maison toujours en courant, elle oubliait le
chapeau, qui restait sur le gazon. Après avoir
travaillé, l'empressement d'aller jouer ne lui permettait ni de rassembler son dé, ses aiguilles, son
étui, ni de les serrer; elle se levait précipitamment : le sac à ouvrage, tout ouvert, tombait à
terre, Paméla sautait par-dessus, et disparaissait
en un clin d'œil. On était charmé de la voir courir dans les champs et dans un jardin; mais on
lui défendait de courir dans la maison. Paméla,
ave le plus grand désir d'obéir, oubliait continuellement cette défense; elle tombait régulièrement trois ou quatre fois par jour, et laissait à
toutes les portes des lambeaux de robes et de
tabliers. Enfin, à forces de prières, d'exhortations
et de pénitences, insensiblement elle perdit un
peu de cet excès de turbulence. Félicie avait l'attention, tous les matins, de lui demander compte

de tout ce qu'elle devait avoir dans ses poches et dans son sac à ouvrage, et cet examen journalier contribuait à rendre Paméla moins étourdie. Un matin que Félicie, suivant cette coutume, visitait les poches de Paméla, elle ne trouva pas ses ciseaux. Paméla, grondée et questionnée, répondit que, du moins, ses ciseaux n'étaient pas perdus, puisqu'elle savait où ils étaient.

— Et où sont-ils? demanda Félicie.

— Maman, répondit Paméla, ils sont à terre dans le cabinet de ma sœur...

— Comment, à terre! Et pourquoi les avez-vous laissés là?

— Maman, j'étais dans ce cabinet : je me mouchais; en tirant mon mouchoir, mes ciseaux sont tombés de ma poche; dans ce moment, j'ai entendu votre sonnette; aussitôt je me suis mise à courir pour venir dans votre chambre...

— Quoi! sans prendre le temps de ramasser vos ciseaux!...

— Oui, maman, pour vous voir plus tôt...

— Mais vous saviez bien que je vous demanderais compte de vos ciseaux, et que je vous gronderais en ne les trouvant pas...

— Maman, je n'ai pas pensé à cela; je n'ai pensé qu'à vous, qu'au plaisir de vous voir.

Paméla, en prononçant ces mots, avait les larmes aux yeux, et elle rougit. Félicie la regarda fixement et d'un air sévère, et elle rougit davantage encore. Cette vive rougeur et le peu de vraisemblance dans le récit de Paméla persuadèrent à Félicie que l'innocente petite Paméla venait de mentir.

— Otez-vous de mes yeux, lui dit-elle; je suis sûre qu'il n'y a pas un mot de vrai dans tout ce que vous venez de me dire; sortez sans répliquer.

A ce terrible discours, Paméla, baignée de larmes, tomba aux genoux de Félicie, sans proférer une parole. Félicie ne vit dans cette action suppliante que l'aveu de sa faute. Elle la repoussa avec indignation, et l'accabla de reproches. Paméla, suivant l'ordre qu'elle avait reçu, gardait toujours le silence, et n'exprimait sa douleur que par ses sanglots et ses gémissements. Félicie était à la campagne; elle sortit pour aller à la messe, et, au lieu d'y mener Paméla, comme à l'ordinaire, elle chargea sa femme de chambre de l'y conduire, puis la quitta précipitamment. Félicie arrivée à la chapelle, vit enfin arriver Paméla, qui, les yeux rouges et remplis de pleurs, se mit humblement à genoux sur les marches de l'escalier. La femme de chambre lui dit de ne pas rester là avec les domestiques, et d'avancer; Paméla répondit d'une voix basse : *Cette place est encore trop bonne pour moi.* Cette humilité toucha Félicie; elle fit venir Paméla, qui pleura de joie en reprenant sa place à côté de Félicie. Après la messe, la femme de chambre de Félicie s'approcha d'elle.

— Paméla, dit-elle, n'avait pas menti...

— Comment? interrompit Félicie.

— Non, Madame, elle ma prié de descendre avec elle dans le cabinet, et nous y avons trouvé les ciseaux à terre, comme elle l'avait dit.

— Charmante Paméla! s'écria Félicie en la prenant dans ses bras; et tu te laissais accuser, maltraiter, sans rien dire pour ta justification?

— Ma chère maman, vous m'aviez défendu de parler.

— Et tu tombais à mes genoux, tu paraissais me demander pardon!

—Je dois toujours demander pardon quand maman est fâchée contre moi. Quand elle me gronde, j'ai sûrement tort.

— Mais j'étais injuste.

— Non, ma bienfaitrice, ma tendre mère ne peut jamais l'être avec moi!

— Qui pourrait ne pas aimer un enfant capable d'un semblable attachement et qui prouve une soumission si touchante, une douceur si enchanteresse!...

Paméla souffrit beaucoup à sept ans. Elle eut une maladie de langueur qui dura plus d'un an. Félicie, pour pouvoir mieux la soigner, la fit coucher tout ce temps dans sa chambre. Paméla voyant l'inquiétude de Félicie, cherchait à lui cacher ses souffrances; elle avait des insomnies cruelles. Félicie se relevait souvent, la prenait dans ses bras, lui donnait à boire. Paméla ne recevait jamais de semblables soins sans verser des larmes d'attendrissement et de reconnaissance. Elle conjurait Félicie de se coucher promptement.

— Dormez, maman, disait-elle : votre sommeil me fait du bien. Quand j'entends, à votre respiration, que vous êtes endormie, je souffre mille fois moins.

Il n'est point de sentiment honnête qui fût étranger au cœur de Paméla, même ceux qui semblent ne devoir être que le fruit de la réflexion et de l'éducation. A peine se souvenait-elle de l'Angleterre : elle chérissait trop Félicie pour ne pas aimer la France; mais elle savait qu'elle était Anglaise, et elle conservait pour sa patrie un attachement d'autant plus vertueux, qu'elle n'aurait pu sans désespoir envisager la nécessité d'y retourner pour s'y fixer. Un jour (elle avait huit ans), Félicie écrivait, et Paméla jouait tranquillement à côté de sa table. On était alors en guerre avec l'Angleterre; tout à coup Félicie entend le bruit du canon; elle écoute, et s'écrie :

— *Voilà peut-être l'annonce d'un avantage sur les Anglais!*

En disant ces mots, ses regards tombent sur Paméla, et sa surprise est extrême en la voyant pâlir, rougir et baisser les yeux. Dans ce moment, plusieurs personnes entrèrent dans la chambre; on vint avertir que le dîner était servi. Paméla paraissait toujours tremblante et troublée. Félicie voulant absolument lire au fond de son âme :

—Il faut, dit-elle, savoir pourquoi on a tiré le canon. Je me flatte encore que nous *avons battu les Anglais*... A peine Félicie achevait-elle ces paroles, que Paméla, fondant en larmes, se précipite à ses pieds :

—O maman ! s'écria-t-elle, pardonnez-moi de pleurer; je n'en aime pas moins les Français... mais je suis née en Angleterre !...

Ce mouvement, singulier pour son âge, toucha profondément Félicie.

—Ame pure et sensible, dit-elle, un instinct touchant et sublime t'inspire mieux qui ne pourrait faire la raison... En croyant commettre une faute, tu remplis un devoir sacré : conserve toujours à ton pays, à celui de tes pères, cet intérêt si tendre ! Aime les Français, tu le dois; mais n'oublie jamais que l'Angleterre est ta patrie.

Ces paroles ranimèrent Paméla et la pénétrèrent de joie; et le soir même, avant de se coucher, elle ajouta à ses prières celle-ci : « *Mon Dieu, faites que les Anglais et les Français ne se haïssent plus, et qu'ils ne se fassent jamais de mal !* » Avec autant de sensibilité, il était impossible que Paméla n'eût pas une piété sincère et tendre. Certaine que Dieu la voyait et l'entendait dans tous les instants de sa vie, elle ne faisait jamais de fautes sans lui demander pardon avec les larmes touchantes du repentir le plus vrai.

Mais, avant d'implorer ce pardon, elle s'accusait à Félicie :

— Dieu, disait-elle, pourrait-il me pardonner si je manquais de confiance en maman? D'ailleurs, une faute me pèse tant, quand maman l'ignore! et puis il est si doux d'ouvrir son cœur à ce qu'on aime!... Maman me donnera peut-être une petite pénitence; mais elle causera, elle raisonnera avec moi, elle louera la sincérité de sa Paméla, elle l'embrassera, et ce soir en me couchant, quand je lui demanderai sa bénédiction, elle me la donnera avec encore plus de tendresse qu'à l'ordinaire... s'il est possible.

Après ces réflexions, Paméla volait dans les bras de sa mère, et elle y trouvait le prix sa candeur et de son affection. Ne pouvant se séparer de Félicie, préférant à tout autre plaisir celui d'être avec elle, même sans lui parler; établie dans sa chambre, tandis que Félicie lisait, écrivait, ou faisait de la musique, Paméla s'amusait en silence et sans faire le moindre bruit, dans la crainte de troubler Félicie. De temps en temps, cependant, elle se levait doucement et sur la pointe des pieds, elle s'approchait de Félicie, elle l'embrassait, et puis elle retournait à sa place. Plus d'une fois, quittant brusquement ses joujoux, elle alla se précipiter, en pleurant, dans les bras de Félicie :

— Au lieu de jouer, disait-elle, je pensais à vous, maman, à vos bienfaits...

Une enfant si extraordinaire et si attachante ne pouvait être par la suite une personne médiocre; aussi Paméla, à dix-sept ans, justifia-t-elle toutes les espérances que son enfance avait fait concevoir. Elle avait de l'instruction, des talents agréables, et toute l'adresse qui sied si bien à une femme. Il n'y a point d'ouvrages qu'elle n'eût appris et qu'elle ne sût faire. Elle pouvait également se passer de brodeuse, de lingère et de marchande de modes. D'ailleurs, elle dessinait bien, elle peignait parfaitement les fleurs, elle jouait supérieurement de la harpe, talent charmant et précieux pour elle, parce qu'elle le devait uniquement à sa mère, qui avait été sa seule maîtresse de harpe. Paméla aimait la lecture, l'histoire naturelle, la botanique. Elle avait une écriture charmante, et pour son style, on n'avait pas eu de peine à le former. Avec une âme si délicate et si sensible, pouvait-elle écrire sans goût, ou manquer de force et d'imagination! Elle avait conservé l'ingénuité et toutes les grâces de son enfance, des manières caressantes, une gaîté franche et communicative, et cette douceur attrayante qui lui gagnait tous les cœurs. Comme l'amusement favori de son enfance avait été de s'exercer à courir et à sauter, elle jouissait d'une excellente santé; elle avait, avec des traits délicats et une taille mince et légère, une force étonnante. Comme Sidonie, elle travaillait souvent en secret pour les pauvres.

Natalie, plus âgée que Paméla de sept ans, était dans le monde depuis quelques années, ainsi que sa sœur Camille ; elle faisait le bonheur de sa mère par sa tendresse pour elle, sa conduite et sa réputation ; enfin, ces trois objets si chers et si dignes de l'être, Camille, Natalie, Paméla, rendaient Félicie la plus heureuse personne de la terre. Cette félicité si pure fut troublée par un événement qui plongea Félicie dans la plus juste affliction. Elle avait une jeune belle-sœur nommée Alexandrine, qui, par ses vertus, ses talents et ses charmes, faisait les délices de sa famille. Attaquée depuis six mois d'une maladie de langueur, que d'abord on ne jugea pas dangereuse, Alexandrine prit la résolution d'aller passer un an dans les provinces méridionales. Félicie éprouva le double chagrin de voir partir sa mère avec Alexandrine. Cette mère, aussi vertueuse que tendre, consentit à se séparer de sa fille, à supporter les fatigues d'un triste voyage et les peines d'une longue absence, pour suivre une belle-fille à laquelle ses soins devenaient nécessaire. Hélas ! elle emportait du moins des espérances consolantes ; mais elle les perdit bientôt sans retour. Le voyage ne fit qu'augmenter les maux d'Alexandrine... Enfin les symptômes les plus funeste achevèrent de ravir un reste d'espoir... Félicie, instruite par sa mère de ces douloureux détails, cherchait encore à s'abuser, lorsqu'elle reçut d'elle une lettre conçue en ces termes :

De N... ce... novembre 1785.

« Elle existe encore! mais, **peut-être**, hélas!
» quand vous recevrez cette lettre! ma fille, que
» deviendra votre malheureux frère?... que de-
» viendrai-je moi-même?... et je suis à deux cents
» lieues de vous!... Cette créature angélique que
» nous allons perdre, nous ne la connaissions
» qu'imparfaitement... Vous n'avez point l'idée
» de son courage, de sa piété, de sa patience, de
» sa parfaite résignation. Je vous ai mandé qu'elle
» s'abusait sur son état; j'étais dans l'erreur Elle
» était éclairée, même en partant de Paris; elle le
» dit alors en secret à sa femme de chambre : je
» tiens ce détail de Julie elle-même... Pour adou-
» cir l'horreur de notre situation, l'infortunée
» voulait du moins nous persuader qu'elle con-
» servait l'illusion que nous avons perdue : mais
» hier elle s'est trahie avec moi. Nous étions tête
» à tête... elle m'a dit qu'elle désirait recevoir les
» sacrements le surlendemain, et qu'elle me con-
» jurait de l'annoncer à son mari avec les précau-
» tions et les ménagements nécessaires pour qu'il
» n'en fût point alarmé. Ensuite elle est tombée
» dans une profonde rêverie. Afin de l'arracher à
» ses réflexions, j'ai repris la parole; j'ai dit que
» je vous écrirais ce matin. A ces mots, elle a
» paru vouloir me dire quelque chose, et je me
» suis aperçue qu'elle hésitait. J'ai serré sa main
» dans les miennes, en lui demandant si elle

» désirait me donner une commission pour vous.
« Oui, m'a-t-elle répondu. J'ai une inquiétude
» qui me tourmente, et la voici : Vous savez,
» a-t-elle continué, qu'à treize ans j'ai eu le mal-
» heur de perdre ma mère; on me dit alors au cou-
» vent, peu de jours après, qu'une pauvre femme
» me faisait demander au parloir; elle était para-
» lytique, et elle m'apprit que ma mère, pendant
» les deux dernières années de sa vie, l'avait fait
» subsister. J'embrassai cette malheureuse fem-
» me; depuis ce temps je prends soin d'elle. Dai-
» gnez, maman, poursuivit-elle avec émotion,
» daignez recommander cette femme à ma sœur,
» et lui dire que mon amitié l'en charge. Julie
» vous donnera son adresse; et, de grâce, en-
» voyez-la demain à ma sœur. » Je n'ai pu répon-
» dre à ce discours que par des larmes. Elle m'a
» baisé la main avec une expression déchirante...
» Dans ce moment, cette petite chienne que vous
» lui connaissez et qu'elle aime tant, *Zémire,* a
» voulu monter sur son lit. « Pauvre Zémire!
» a-t-elle dit : Maman, vous aimez les chiens : je
» vous la donne... » A vingt-quatre ans, belle,
» heureuse, jouissant d'une réputation sans ta-
» che, près de se séparer pour toujours du mari
» le plus aimé, d'un enfant charmant, d'une tante
» chérie, qui fut à la fois pour elle une bienfaitrice
» généreuse et l'amie la plus aimable;... enfin,
» en consommant le plus douloureux sacrifice,
» conserver une humanité si touchante! en s'oc-

» cupant du soin vertueux d'assurer un sort à
» l'infortunée dont elle était le seul appui, en vous
» léguant sa pauvre femme ; s'occuper encore de
» petits détails, dont une légère maladie suffirait
» pour distraire tout autre, ne pas même oublier
» son chien !... Ah ! comment ne pas admirer une
» bonté si prévoyante !... Adieu, ma fille. Je vous
» envoie la seule consolation que je puisse
» vous offrir dans ce moment : c'est l'adresse de
» la pauvre femme, qu'il vous sera doux de voir
» et de soigner. »

Aussitôt que Félicie eut lu cette lettre, elle
sortit sur-le-champ, et, suivie de Paméla, elle
monta en voiture, et alla dans la rue du faubourg
Saint-Jacques. C'était où demeurait la pauvre
femme, nommée madame Busca, et qu'on n'appelait dans son quartier que la *sainte femme*.
L'étonnement de Félicie et de Paméla, en la
voyant et en l'écoutant, fut égal à la pitié et à
l'admiration qu'elle leur inspira. Cette malheureuse femme paralytique avait les jambes et les
mains entièrement desséchées. Ses doigts, horri-
blement allongés, paraissaient disloqués, et
avaient perdu toute forme humaine. Son visage
n'offrait rien de hideux, mais elle était d'une
maigreur et d'une pâleur frappantes. Elle ne pouvait ni soulever ni tourner la tête ; elle la portait
inclinée sur sa poitrine, et, dans cet affreux état,
depuis dix-sept ans, elle avait cependant conservé toute sa connaissance et toute sa raison.

Elle couchait dans une grande chambre proprement arrangée; un ecclésiastique, vieillard vénérable, était assis à côté de son lit. Félicie, en entrant, dit qu'elle était la belle-sœur d'Alexandrine. A ces mots, la pauvre femme leva les yeux au ciel, et, dans le même moment, son visage se couvrit de larmes.

— Ah! Madame, s'écria-t-elle, quel ange vous avez pour sœur!... Elle est bien jeune, et il y a cependant onze ans qu'elle me tient lieu de tout!... Si vous saviez, Madame, quels soins j'ai reçus d'elle!...

— Elle venait souvent vous voir?... Avant son mariage, comme elle ne pouvait sortir du couvent, je me faisais porter trois fois la semaine à son parloir : alors elle demandait la permission de passer la grille, afin d'être avec moi dans la même chambre; elle m'apportait mon déjeuner, qu'elle avait préparé elle-même. Je ne peux pas me servir de mes mains : c'était elle qui me faisait manger, et avec une bonté, une amitié!... Enfin, Madame, savez-vous la grande pénitence que pouvait lui donner sa bonne? C'était de lui dire : « Demain vous ne ferez pas manger madame Busca; ce sera moi qui la servirai toute seule. » Alors elle devenait obéissante comme un mouton. Elle me faisait toujours l'honneur de m'appeler sa mère, et elle voulait que je l'appelasse ma fille : eh bien! quand je voyais que la bonne n'était pas contente d'elle, je l'appelais *made-*

moiselle. Cette chère enfant ne tenait pas à cela ; les larmes lui roulaient dans les yeux, et elle allait aussitôt demander pardon à sa bonne... Vous pleurez, Mesdames, poursuivit la bonne femme : que serait-ce donc si je vous disais tout ce qu'elle a fait pour moi depuis son mariage ! Une jeune et charmante dame comme elle, venir tous les deux ou trois jours s'enfermer des heures entières avec une pauvre paralytique comme moi !... Elle m'apportait du linge, des fruits, des confitures, et souvent elle me lisait un chapitre de l'Imitation... Vous savez, Madame, comme elle chante ! Un jour je la priai de chanter. Quatre ou cinq jours après, elle vint me chanter plusieurs noëls d'une beauté !... En vérité, Madame, je croyais voir, je croyais entendre un ange ! Une autre fois, elle apporta sa harpe, et elle en joua pour moi plus de deux heures... Mais ce n'est pas tout, Madame : vous voyez l'état où je suis ; il faut que vous sachiez encore que tous mes membres sont aussi douloureux qu'ils sont déformés, et que je ne passe pas de semaine sans avoir des convulsions terribles... Si ce n'était, Madame, pour vous faire connaître votre digne sœur, je n'oserais vous faire un semblable détail...

— Ah ! parlez, interrompit vivement Félicie, parlez !...

— Hé bien ! Madame, reprit la femme, l'humanité de ce cher ange est telle, qu'il n'y a point de services que je n'aie été forcée d'accepter d'elle.

Par exemple, puisque vous l'ordonnez, je vous
dirai qu'on ne peut me couper mes ongles sans
me faire éprouver une très grande souffrance, à
moins d'une extrême adresse; et voilà le soin
dont elle se chargeait régulièrement... Sûrement,
Madame, vous aurez remarqué ses petites mains
si blanches et si délicates; mais vous ignorez
que toutes les semaines ces jolies mains lavaient
les pieds d'une pauvre infirme!...

Après avoir prononcé ces mots, la femme s'arrêta, et ses larmes recommencèrent à couler.
Félicie et Paméla n'étaient pas en état de parler.
Il y eut un moment de silence. Au bout de quelques minutes, une jeune fille entra dans la chambre, et demanda à la pauvre femme si elle n'avait
besoin de rien; la femme la remercia, et la jeune
fille sortit. Alors l'ecclésiastique, qui était toujours resté au chevet du lit de la femme, prit la
parole, et s'adressa à Félicie:

— Madame, dit-il, apprendra sûrement avec
intérêt que cette jeune personne qui offrait ses
services à madame Busca est la fille d'une de ses
voisines; et toutes les autres voisines de madame
Busca sont aussi obligeantes. L'une vient travailler auprès d'elle, l'autre arrange sa chambre, une
troisième se charge de lui apporter de la lumière
et d'entretenir son feu; enfin, Madame, l'esprit
de charité de votre respectable sœur semble ani-
mer toutes les personnes qui habitent cette
maison. Il est vrai que l'exemple de cette jeune

et vertueuse dame n'a pas peu contribué à redoubler l'activité d'un zèle si louable...

—Ah! dit Félicie, quelle profonde, quelle utile admiration vais-je remporter d'ici!...

— En effet, Madame, reprit l'ecclésiastique, ce que vous venez d'entendre et l'objet qui est sous vos yeux méritent bien d'inspirer de semblables sentiments... Cette femme malheureuse! Si vous connaissiez, Madame, sa piété!... Elle ne vous a pas dépeint tous ses maux; ce corps desséché et sans mouvement est couvert de plaies et d'ulcères... J'épargne à votre sensibilité des détails que vous n'entendriez pas sans frémir.

— Ah! l'infortunée! s'écria Félicie; eh quoi! ne peut-on soulager ses souffrances? n'est-il point de remèdes?...

— Non, Madame, il n'est point d'art humain qui puisse les adoucir; mais admirez-la d'autant plus qu'elle ne se trouve point à plaindre...

— Ah! se peut-il!...

— Oui, Madame, reprit la femme; non seulement j'accepte avec résignation ces maux passagers, mais je les endure avec joie... Eh! comment peut-on s'en étonner? Nos récompenses seront proportionnées *à nos mérites.* Quelle reconnaissance je dois à Dieu de m'avoir mise dans une situation où je puis avoir un mérite continuel à ses yeux : celui de souffrir sans me plaindre; dans une situation où rien ne peut me distraire de lui, où tout m'invite à ne m'occuper que de l'éternité!...

En parlant ainsi, cette femme s'exprimait avec autant de force que de sentiment : le son de sa voix n'annonçait plus l'état de faiblesse et d'épuisement où la réduisaient ses souffrances; ses yeux naturellement éteints et languissants, brillaient alors d'un feu extraordinaire. Félicie et Paméla l'écoutaient et la contemplaient avec ravissement.

Félicie et Paméla ne s'entretinrent tout le reste du jour que d'Alexandrine et de la *sainte femme.*

— Comment se peut-il, disait Paméla, que jamais ma tante ne nous ait parlé de cette femme?

— Voilà, reprit Félicie, ce qui doit mettre le comble à notre admiration. Tel est le caractère de la véritable vertu. Quand c'est la raison seule qui fait faire une bonne action, alors on est tenté de s'enorgueillir des efforts qu'il en coûte; mais, quand c'est le sentiment qui nous porte au bien, au lieu de s'admirer soi-même, on se dit : Je ne mérite pas d'éloges, je n'ai fait que suivre mon inclination et les mouvements de mon cœur... » Avez-vous jamais vu un avare se décider à faire un présent! c'est toujours avec une pompe et une emphase qui prouvent combien cette action lui est peu familière, et combien il en tire de vanité. En effet, elle lui coûte tant, qu'il faut bien lui pardonner le sot orgueil qu'il en montre. Remarquez, au contraire, avec quelle noble simplicité une personne généreuse sait donner.

Peu de jours après cet entretien, Félicie reçut l'accablante nouvelle de la mort d'une belle-sœur qu'elle avait toujours tendrement aimée. Quoiqu'elle fût préparée depuis trois mois à cet événement, elle en ressentit une profonde douleur.

Paméla voulut remplacer auprès de la pauvre femme l'intéressante et vertueuse Alexandrine; elle lui rendait les mêmes soins, et allait régulièrement chez elle deux fois la semaine. Il y avait près d'un an qu'elle remplissait les devoirs touchants qu'elle s'était imposés à cet égard, lorsqu'un matin qu'elle était chez la *sainte femme*, et qu'à genoux devant son fauteuil elle lui lavait les pieds, la porte de la chambre s'ouvrit tout à coup, et un homme de cinquante ans, d'une figure imposante et noble, parut, et, après avoir fait quelques pas, s'arrêta en regardant fixement le spectacle qui s'offrait à ses regards... Paméla était à genoux; elle tenait les jambes desséchées de la pauvre femme, et les essuyait. Dans cette attitude, elle avait la tête penchée, et ses longs cheveux, retombant sur son visage, en cachaient une partie... Au bruit que fit l'inconnu, elle leva la tête et fit un mouvement de surprise; une vertueuse rougeur se répandit sur son visage. Elle se retourna vers une femme de chambre anglaise qui l'avait accompagnée, et la gronda un peu en anglais d'avoir oublié de pousser le verrou de la porte. Aussitôt que Paméla eut cessé de parler, l'inconnu, transporté, s'écria en anglais : *Grâces au ciel, cet ange est une compatriote !...* L'étonnement de Paméla fut extrême, et son embarras s'accrut aussi, lorsqu'elle vit l'inconnu s'approcher, prendre une chaise, et s'asseoir gravement vis-à-vis d'elle. Il était tellement absorbé dans sa rêverie, qu'il n'avait pas l'air de s'apercevoir de l'embarras et de l'étonnement que causaient sa présence. Paméla se leva, elle dit adieu à la femme; ensuite passant devant l'inconnu, elle lui fit une profonde révérence et sortit précipitamment, laissant l'inconnu tête à tête avec la femme. Quelques jours après cette aventure, Paméla retourna chez la femme, et cette dernière conta que l'inconnu était resté près d'une heure avec elle, et qu'il lui avait fait mille questions sur Paméla; qu'il avait voulu savoir son nom et celui de la personne qui l'avait élevée. Le soir même, Félicie reçut une lettre qu'elle montra à Paméla, et qui était conçue en ces termes :

« Madame, prêt à retourner en Angleterre, je » ne puis me résoudre à partir sans prendre les » ordres de la personne généreuse qui a daigné » adopter une orpheline *anglaise*. L'aimable Pa- » méla fait trop d'honneur à sa patrie et à l'édu- » cation qu'elle vous doit, Madame, pour ne pas » inspirer le plus vif intérêt à un Anglais qui » n'est pas indigne de jouir du bonheur de con-

» templer de près la vertu. J'ai cinquante ans;
» ainsi, Madame, j'ai le droit de vous dire sans
» détour que le spectacle dont j'ai été témoin, il
» y a quelques jours, a fait sur mon cœur la plus
» profonde impression. Paméla, à genoux, et
» levant les pieds de cette malheureuse femme
» paralytique, ne s'effacera jamais de mon sou-
» venir. On m'a dit qu'elle avait des parents en
» Angleterre qui refusaient de la reconnaître :
» daignez me confier le secret de sa naissance, je
» vous offre pour elle les services et le zèle du
» père le plus tendre.

    » Je suis, avec respect, etc.

    » CHARLES ARESBY. »

 — Ah! maman, s'écria Paméla, après avoir lu
ce billet, ne voyez point cet Anglais; vous êtes
tout pour moi. Ne cherchez point à me faire reconnaître par des parents qui m'ont abandonnée :
je suis à vous; que manque-t-il à mon bonheur?

 — Mais, mon enfant, reprit Félicie, si vos parents vous reconnaissaient, vous auriez un nom,
un état...

 — Vous me donnez le doux nom de fille; vous
me permettez de vous consacrer ma vie, que pourrais-je encore désirer?

 — Laissez-moi recevoir cet Anglais; j'avoue
que son admiration pour ma Paméla me donne le
désir de le connaître. Il sait apprécier mon enfant; quel titre auprès de moi! Mais je vous pro-

mets de ne jamais lui confier votre nom sans votre aveu.

A cette condition, Paméla donna son consentement à la visite de l'Anglais, et, dès le lendemain, M. Aresby fut reçu chez Félicie. Après les premiers compliments, M. Aresby renouvela ses offres de services, et conjura Félicie de lui confier le nom de famille de Paméla. Félicie lui avoua naturellement que Paméla elle-même s'opposait à cette confidence : M. Aresby soupira.

— Je perds, dit-il avec chagrin, l'espoir de lui être utile.

— Du moins, Monsieur, reprit Paméla, ne doutez point de ma reconnaissance. Je ne puis envisager sans effroi le moindre changement dans mon sort, puisque je trouve dans la tendresse de ma chère et généreuse bienfaitrice une félicité qui remplit tous les désirs de mon cœur; mais je n'en suis pas moins touchée de vos bontés.

A ces mots, M. Aresby regarda Paméla avec attendrissement, et, se retournant vers Félicie :

— Je pars, dit-il, sur la fin de cette semaine; oserai-je espérer, Madame, que vous daignerez me permettre de me rappeler quelquefois à votre souvenir?...

Félicie interrompit M. Aresby pour lui promettre de lui écrire, et pour lui demander son adresse.

— Je n'habite plus Londres, dit M. Aresby, et

je voyage souvent; mais si vous voulez bien, Madame, adresser vos lettres à Londres, sous l'enveloppe de madame *Selwin*, elles me parviendront sûrement.

A ce mot de *Selwin*, Félicie s'émut, et Paméla se troubla. M. Aresby, qui regardait Félicie, remarqua sa surprise, et lui demanda si madame Selwin avait l'avantage d'être connue d'elle.

— Je connais son nom, répondit Félicie.

— Ce nom, reprit M. Aresby, est le mien...

— Comment?...

— Oui, Madame; je l'ai quitté en épousant une héritière, dont on ne pouvait obtenir la main qu'en prenant le nom de sa famille; je suis veuf depuis dix ans, et je n'ai point d'enfants...

— Aviez-vous un frère? demanda Félicie avec une extrême émotion.

— Hélas! Madame, répondit M. Aresby, j'en ai eu deux, et je les ai perdus. Madame Selwin est veuve du second, et le troisième...

— Hé bien! Monsieur?...

— Ah! Madame, cet infortuné, égaré par une passion funeste, méconnut l'autorité paternelle... il fut déshérité... Le repentir, le chagrin abrégèrent ses jours... Notre malheureux père le suivit de près dans la tombe... J'étais absent alors... Un nouvel enchaînement de malheurs me força de prolonger mes voyages. Je ne revins en Angleterre qu'au bout de quatre ans. J'appris la mort de la veuve de mon second frère... Elle avait laissé une fille; je formai le projet de chercher cette enfant et de l'adopter. La femme qui s'en était chargée venait de mourir; mais le mari de cette femme m'apprit qu'il tenait d'elle que la malheureuse petite orpheline n'avait survécu que de quelques mois à sa mère : cet homme ajouta qu'il n'avait revu sa femme que six mois après la mort de ma belle-sœur, et que déjà l'enfant n'existait plus...

En prononçant ces paroles, M. Aresby s'aperçut que Paméla cherchait en vain à cacher les larmes dont son visage était baigné; surpris de son agitation, de sa pâleur, il la considère avec émotion. Félicie, aussi troublée que Paméla, tenait une de ses mains dans les siennes, et serrait tendrement cette main tremblante... Tout à coup Paméla, éperdue, se lève, et, s'avançant d'un pas chancelant vers M. Aresby :

— Oui, dit-elle, je dois me faire connaître au frère de mon père...

— Juste ciel!... s'écria M. Aresby en se précipitant vers elle.

Paméla, saisie d'un effroi qu'elle ne peut vaincre, recule et se jette dans les bras de Félicie.

— O ma mère, dit-elle en versant un torrent de pleurs, ma bienfaitrice! c'est à vous que j'appartiens! gardez votre enfant! ne l'abandonnez point!... Si vous cédez vos droits sur moi, vous me donnerez la mort!

En achevant ces mots, Paméla laisse tomber sa tête sur le sein de Félicie, ses yeux se ferment, elle s'évanouit... Félicie, hors d'elle, appelle du secours. Paméla bientôt reprend sa connaissance : elle ouvre les yeux. M. Aresby saisit une de ses mains.

— Paméla! lui dit-il, bannissez des craintes insensées et qui m'outragent! Je n'ai ni le droit ni le désir inhumain de vous arracher des bras de votre bienfaitrice. S'il est vrai que vous soyez cette enfant, dont j'ai si longtemps déploré la perte, vous ne trouverez en moi qu'un ami, incapable d'exiger de vous le plus léger sacrifice!...

A ce discours, Paméla exprima sa joie et sa reconnaissance, avec cette grâce, cette sensibilité passionnée qui la caractérisaient. Félicie alla chercher une cassette qui contenait les preuves de la naissance de Paméla. Aresby lut des lettres et différents papiers que la femme de chambre de madame Selwin avait jadis remis à Félicie. Cette femme ayant reçu alors quelques présents de Félicie, on devina facilement qu'afin de ne pas les partager avec son mari, elle avait supposé la mort de la jeune Selwin, sûre d'ailleurs que cette enfant ne reparaîtrait jamais en Angleterre.

M. Aresby, au comble de ses vœux en retrouvant sa nièce dans cette même jeune personne dont les vertus avaient fait sur son cœur une si profonde impression, voulut qu'elle prît son nom dès le jour même : par la suite, son affection pour Paméla devint si tendre, qu'il s'établit en France. Paméla sut mériter ses bienfaits par son attachement et sa reconnaissance. Elle ne quitta jamais Félicie; et le soin de la rendre heureuse fut toujours pour elle le premier et le plus doux des devoirs.

Acceptez cette bourse. (page 154)

EUGÉNIE ET LÉONCE

OU LA ROBE DE BAL

Madame de Palmène, jeune encore, et veuve depuis plusieurs années, se consacrait entièrement à l'éducation d'une fille unique, objet de toute sa tendresse comme de tous ses soins. Son mari, en mourant, avait laissé beaucoup de dettes, et madame de Palmène n'avait pu les acquitter qu'en se résignant à quitter Paris pour habiter une terre qu'elle possédait en Touraine, à une petite lieue de Loches. Le château était vaste; l'intérieur répondait au dehors. Tout y retraçait la noble simplicité de nos ancêtres. Ce fut là qu'Eugénie (c'était le nom de la fille de madame de Palmène) passa les premières années de sa jeunesse, et qu'elle prit le goût des amusements champêtres, de la vie paisible et retirée.

Durant les beaux jours du printemps et de l'été, elle faisait avec sa mère de longues promenades; vers le soir, on allait chercher dans la forêt l'ombre et la fraîcheur. Tantôt Eugénie s'y exerçait à la course, tantôt elle cueillait des plantes dont sa mère lui apprenait les noms et les propriétés. Souvent elle y prenait ses leçons, y écoutait des lectures intéressantes; et, sur le déclin du jour, on quittait la forêt pour aller sur les bords riants de la rivière. Lorsque Eugénie fut dans sa huitième année, elle devint plus sédentaire. Mille occupations la retenaient au château; mais elle se levait avec le jour; elle allait déjeuner dans le parc ou dans les champs, et, le soir, elle faisait encore une ou deux lieues avec sa mère.

Elle avait pour compagne de ses jeux la fille de sa gouvernante. Cette jeune personne, appelée Valentine, de quatre ans plus âgée qu'Eugénie, était d'un heureux naturel; elle avait un bon cœur et montrait de l'application. Elle se trouvait à toutes les leçons que recevait Eugénie, et elle en profita de manière que sa jeune maîtresse la regarda toujours avec raison comme son amie.

Cependant Eugénie atteignit sa seizième année. Elle joignait à la gaieté, aux grâces naïves de son âge, un esprit cultivé, de la discrétion, une douceur inaltérable, et la plus parfaite égalité d'humeur. Sa tendresse et sa reconnaissance pour madame de Palmène étaient sans bornes. Constamment occupée de sa mère et saisissant tous les moyens de lui plaire, il n'était point d'occupation qui n'eût un attrait sensible pour elle.

Afin d'achever de perfectionner l'éducation d'Eugénie, madame de Palmène prit la résolution d'aller passer deux ans à Paris. Elle s'arracha de son agréable solitude sur la fin de septembre; arrivée à Paris, elle loua une petite maison dans laquelle Eugénie regretta plus d'une fois les bords délicieux de l'Indre et de la Loire. Madame de Palmène retrouva avec plaisir plusieurs personnes qu'elle avait connues autrefois. Dans ce nombre, elle distingua surtout un ancien ami de son mari, nommé le comte d'Amilly, digne en effet de cette préférence par son mérite. Veuf depuis plusieurs années, il n'avait qu'un fils unique âgé de dix-huit ans, dont il venait de se séparer pour deux ans. Ce jeune homme, appelé Léonce, était en Italie, et devait ensuite voyager dans le Nord.

Le comte d'Amilly venait tous les soirs souper chez madame de Palmène; à dix heures et demie, Eugénie allait se coucher. Aussitôt qu'elle était sortie, le comte parlait d'elle, et c'était toujours pour son éloge. Il admirait ses talents, sa modestie, sa réserve, un certain air de douceur et de

10

franchise qui répandait un charme inexprimable sur ses moindres actions. Puis il parlait de son fils, il vantait son esprit, son caractère, son cœur. Madame de Palmène n'écoutait pas sans un secret plaisir l'éloge d'Eugénie; elle n'entendait pas sans quelque émotion prononcer si souvent le nom de Léonce.

Le comte d'Amilly continua toujours ses assiduités, mais sans s'expliquer davantage. Seulement il dit un jour :

— Mon fils aura une fortune considérable; mais avant de la partager avec lui, je veux lui apprendre à en jouir. A son retour il aura vingt ans; je le marierai avec une femme aimable dont les grâces, l'exemple et la douceur puissent lui rendre tous ses devoirs agréables et lui faire chérir la vertu.

Madame de Palmène reconnaissait bien dans le portrait de cette femme celui d'Eugénie; mais, en réfléchissant à l'extrême disproportion qui se trouvait entre sa fortune et celle du comte d'Amilly, elle avait peine à se persuader qu'il eût réellement des vues sur sa fille.

Il y avait déjà près de deux ans que madame de Palmène était à Paris. Eugénie touchait à sa dix-huitième année, lorsqu'un soir le comte d'Amilly, entra chez madame de Palmène, lui demanda la permission de lui présenter lui-même son fils, qui venait d'arriver. Un jeune homme de la figure la plus intéressante s'avança vers madame de Palmène et la salua d'un air à la fois empressé et timide, qui ajoutait encore à ses agréments naturels. Le comte et son fils restèrent à souper.

Le lendemain, le comte revint avec son fils, et madame de Palmène déclara qu'elle s'était fait une loi irrévocable de ne point recevoir chez elle de jeunes gens de l'âge de Léonce.

—Mais, Madame, reprit le comte, il faut pourtant bien que vous jugiez s'il peut vous convenir...

—Comment! que voulez-vous dire!...

—Eh quoi! ne voyez-vous pas que son bonheur et le mien en dépendent? Donnez-vous le temps de le connaître; s'il est assez heureux pour vous plaire, tous mes vœux et les siens seront excusés.

C'était parler clairement. Madame de Palmène témoigna au comte la reconnaissance que ce discours lui inspirait. Cependant elle ne prit point d'engagement, voulant auparavant consulter Eugénie, et prendre quelques informations sur le caractère de Léonce. Tout ce qu'elle apprit ne fit que redoubler son désir de l'adopter pour son fils; et le comte la pressant de nouveau de lui donner une réponse, elle ne balança plus. Tout étant d'accord, on signa le contrat de mariage. Le lendemain Léonce reçut avec transport la main de l'aimable Eugénie, et l'on conduisit aussitôt les nouveaux époux dans une terre charmante que possédait le comte, à dix lieues de Paris. Il fut décidé qu'on ne retournerait à Paris que sur la fin de l'automne.

Madame de Palmène passa trois mois avec eux. Au bout de ce temps, elle fut obligée de les quitter. Comme elle comptait s'établir définitivement à Paris, l'arrangement de ses affaires exigeait qu'elle fît un voyage en Touraine. Quoiqu'elle dût être de retour avant l'hiver, Eugénie eut besoin de toute sa raison pour supporter une séparation si douloureuse.

Près de deux mois s'étaient écoulés depuis le départ de madame de Palmène; pendant ce temps, Eugénie n'avait pas fait un seul voyage à Paris. Léonce chaque jour lui devenait plus cher. Souvent ils allaient se promener tête à tête dans les bois et dans les champs. Eugénie questionnait Léonce sur ses voyages, et goûtait le plaisir de s'instruire en l'écoutant. D'autres fois, assis l'un et l'autre sur le bord des ruisseaux, Eugénie chantait, et sa voix douce et mélodieuse attirait les moissonneurs; ils quittaient leur ouvrage et accouraient pour l'entendre. Un soir, Eugénie remarqua au milieu d'eux un vénérable vieillard; elle apprit qu'il se nommait Jérôme; quoique âgé de soixante-quinze ans, il était le soutien d'une sœur paralytique et de cinq petits-enfants orphelins. Eugénie n'avait qu'une très faible pension. Son beau-père, il est vrai, possédait une fortune considérable, il était noble et bienfaisant; mais, voulant donner à son fils et à sa belle-fille de l'ordre et de l'économie, il avait la sagesse et le courage de ne point partager encore sa fortune avec eux.

—Quand vous m'aurez prouvé, leur disait-il, que vous savez faire un digne emploi de l'argent, nous ferons bourse commune; dans cinq ans, par exemple, si je suis toujours satisfait de votre conduite, je serai heureux de me dépouiller en faveur d'un fils économe et raisonnable; je n'abandonnerai point à un insensé, à un dissipateur, une fortune que je ne dois qu'à moi seul, et dont je puis disposer à mon gré.

—Ah! mon père, répondit Léonce, en me donnant Eugénie, ne m'avez-vous pas donné un ange qui fera toujours mon bonheur?

Eugénie de son côté, trouvait sa pension suffisante. Elle apportait dans tout la plus grande économie, et trouvait encore le moyen d'être généreuse et bienfaisante. Tout occupée du bon vieillard Jérôme, le soir en se couchant, elle dit à Valentine qu'elle la prierait de lui porter quelques secours. Le lendemain, le comte d'Amilly vint, comme à l'ordinaire, déjeuner avec sa belle-fille :

—Voici, lui dit-il, une invitation à une magnifique fête que l'on donne à Paris dans quinze jours; je désire, ma fille, que vous vous y montriez. Il vous faut une robe de bal, je veux vous l'offrir.

En disant ces mots, le comte posa sur une table une bourse contenant soixante louis. Quand Eugénie fut seule, elle appela Valentine, et lui montrant le présent qu'elle venait de recevoir :

— Avec cinquante louis, dit-elle, j'aurai une assez belle robe. Ainsi, je vais prendre dix louis sur cette somme pour les donner au pauvre Jérôme; et toi, Valentine, va t'informer dans le village si tout ce qu'on m'a dit de ce vieillard est bien conforme à la vérité; s'il n'y a pas d'exagération dans le récit qu'on m'a fait, je lui porterai moi-même l'argent que je lui destine.

L'après-midi, Valentine revint du village et dit à sa jeune maîtresse que non seulement elle avait pris des informations, mais qu'elle avait été dans la cabane du vieillard : elle y avait vu la pauvre sœur paralytique, gardée par l'aînée des petits-enfants de Jérôme, jeune fille âgée de douze ans; la malade était dans une chambre bien propre, avec un assez bon lit, tandis que le vieillard couchait dans une espèce de grange, sur de la paille; Jérôme, enfin, était le paysan du village le plus malheureux, ainsi que le meilleur frère et le meilleur grand-père.

— Allons, dit Eugénie, j'ai sur moi la bourse que m'a donnée mon beau-père, portons-lui sur-le-champ dix louis.

Eugénie prit le bras de Valentine et sortit avec elle, en faisant dire à Léonce, qui achevait une partie de whist, qu'elle allait du côté de la petite allée de saules voir travailler les moissonneurs.

Eugénie, arrivée dans le champ où Jérôme travaillait ordinairement jusqu'au déclin du jour, le cherche des yeux ; ne le voyant pas, elle demande où il est ; on lui répond qu'accablé de chaleur et de fatigue, il est allé se reposer un moment à l'ombre, et qu'il s'est endormi sur le bord du ruisseau, auprès de la grande haie d'églantiers.

Eugénie et Valentine tournent leurs pas de ce côté ; elles aperçoivent bientôt le vieillard endormi et entouré de ses enfants. Elles approchent avec précaution, dans la crainte de le réveiller, et s'arrêtent à quelques pas pour contempler le tableau le plus touchant. Le bon vieillard dormait profondément. Une jolie petite fille de huit ou neuf ans attachait doucement son tablier à la haie de rosiers sauvages au-dessus de la tête de son grand-père, afin de former un abri contre l'ardeur du soleil : un de ses frères l'aidait dans ce soin, tandis que les autres, armés de branches de saule, à genoux aux côtés du vieillard, chassaient les mouches et les cousins qui s'approchaient de son visage. La petite fille, en voyant Eugénie, lui fit signe de la main de ne pas faire de bruit. Eugénie sourit et, s'avançant sur la pointe des pieds, elle embrassa la petite fille et lui dit tout bas :

— Il faut que je parle à votre grand-père lorsqu'il se réveillera. Allez-vous-en là-bas jouer avec vos frères ; vous reviendrez quand je vous appellerai.

La jeune fille fit quelque difficulté pour s'éloi-

gner, ainsi que les petits garçons, qui ne consen-
tirent à s'en aller qu'à la condition qu'Eugénie et
Valentine promettraient de bien chasser les mouches à leur place.

Cet accord fait, Eugénie prit les branches de
saule, et s'assit avec Valentine auprès de la haie
d'églantiers; la petite famille s'éloigna et dis-
parut. Alors Eugénie, tirant sa bourse de sa
poche, la mit sur ses genoux pour y prendre les
dix louis. Ensuite, craignant de faire trop de
bruit en comptant l'argent, elle s'arrêta, et jetant
les yeux sur le vieillard, elle le regarda avec
attendrissement.

— Comme il dort paisiblement! dit-elle; bon
et respectable vieillard!... Que sa figure est imposante!... Soixante-quinze ans, quel âge vénérable!... Durant une si longue carrière, que de
fatigues il a supportées! et maintenant que ses
forces l'abandonnent, il est encore obligé de travailler sans relâche!

— Songez, Madame, dit Valentine, à la joie
que vous allez lui procurer en lui donnant dix
louis...

— Ce présent, reprit Eugénie, cette légère
somme ne peut faire le bonheur de sa vie!... Oh!
qu'il serait doux d'assurer la tranquillité de ses
vieux jours! Dix louis ne seront qu'un soulage-
ment à sa misère; mais cinquante le mettraient
dans l'aisance. Cinquante louis!... ce que coûtera ma robe! Et quel plaisir en retirerai-je? à

peine sera-t-elle remarquée : j'en verrai mille plus riches que la mienne!... Et d'ailleurs, crois-tu, Valentine, que Léonce m'en aimera davantage? Valentine, avec dix louis, je pourrais avoir une robe neuve, simple à la vérité, mais elle me siérait mieux : des fleurs, de la gaze conviendront mieux à mon âge; qu'en penses-tu?

— Moi, Madame, je serais charmée, je vous l'avoue, de vous voir bien parée.

— Ah! Valentine, regarde ce vieillard, et tu oublieras une si vaine idée. Songe donc à la satisfaction que j'éprouverais en tirant de la misère ce bon père de famille!... Avec quelle gaieté, ce soir, il souperait, entouré de ses petits-enfants! comme il les embrasserait et recevrait leurs caresses!... Et moi, demain matin, je pourrais en faire part à ma mère!... Combien elle serait heureuse en lisant ma lettre!...

— Mais, Madame, vous serez la seule à cette fête mise aussi simplement : cela peut déplaire à monsieur votre beau-père...

— Et peut-être à Léonce... Cependant, ils sont l'un et l'autre si bons, si bienfaisants!... Valentine, je consulterai Léonce... Je ne dois rien faire sans son avis. Mais éloignons-nous d'ici, car la vue de ce vieillard me cause une tentation à laquelle je ne pourrais résister. Allons chercher Léonce; nous reviendrons après.

En disant ces paroles, Eugénie allait se lever, lorsqu'elle entendit derrière elle un bruit de feuilles qui lui fit tourner la tête ; et, au même instant, elle aperçut Léonce qui franchissait la haie. Un instant après le départ d'Eugénie, il était sorti du château pour l'aller rejoindre ; sachant qu'elle cherchait Jérôme et ne doutant pas que ce ne fût pour lui porter des secours, Léonce était venu se cacher derrière la haie d'églantiers, afin d'écouter leur conversation ; et, quoique Eugénie ne parlât qu'à demi-voix, comme il n'était séparé d'elle que de quelques pas, il n'avait pas perdu un mot de l'entretien.

— Ma charmante Eugénie ! s'écria-t-il, j'ai tout entendu. En vous occupant des moyens d'assurer le bonheur de ce vieillard, vous avez mis le comble au mien, vous m'avez appris combien vous méritez d'être aimée.

Léonce parlait encore lorsque Jérôme se réveilla. Aussitôt Eugénie s'approche du vieillard. Ce dernier la regarde avec étonnement, et, par respect pour elle, veut se lever. Eugénie l'invite à rester assis. Il s'en excuse en ajoutant :

— Il faut que j'aille travailler.

— Non, dit Eugénie : reposez-vous aujourd'hui...

— Et ma journée ?...

— Je vous la payerai. Tenez, acceptez cette bourse : puisse-t-elle vous faire autant de plaisir que j'en éprouve à vous l'offrir !

A ces mots, elle se penche d'un air attendri et respectueux, et remet dans les mains tremblantes du vieillard la bourse qui contenait cinquante louis.

Le vieillard, en ouvrant la bourse, éprouve une espèce de saisissement; il n'a vu de sa vie une somme aussi considérable. Il se frotte les yeux et croit rêver. Eugénie jouit en silence de l'excès de sa surprise. Enfin, Jérôme joignant fortement ses deux mains :

—Mais, mon Dieu, dit-il d'une voix entrecoupée, qu'ai-je fait pour mériter un si grand don?

Et levant la tête, il regarda Eugénie avec des yeux remplis de larmes :

—O Madame, s'écria-t-il, que le Seigneur vous récompense !

Il n'en put dire davantage, ses pleurs lui coupèrent la parole. En ce moment, toute la petite famille de Jérôme revint en courant. Eugénie pria le vieillard de serrer sa bourse et de taire à tout le monde cette aventure; elle embrassa de nouveau la petite Simonette, et, disant adieu au bon vieillard, elle reprit avec Léonce le chemin du château.

Eugénie, par délicatesse, ne voulut pas que son beau-père apprît cette aventure avant le jour où devait avoir lieu la fête, dans la crainte que le comte ne lui donnât une autre robe de bal. Ce jour arriva enfin. Le comte resta à la campagne, et Léonce et Eugénie partirent pour Paris. Eugénie, au bal, attira et fixa tous les yeux, non seulement par les charmes de sa personne, mais par l'élégante simplicité de sa toilette, que ne rehaussaient ni les diamants ni les perles; rien ne nuisait à ses grâces naturelles. Le doux souvenir du vieillard vint plus d'une fois s'offrir à son imagination et ranimer sa gaieté; plus d'une fois, considérant l'excessive et folle magnificence des jeunes personnes de son âge, elle se dit:

—Que je les plains! elles ne connaissent pas les vrais plaisirs.

Au point du jour, Léonce ramena Eugénie à la campagne; il voulait que son père la vît avec sa toilette de bal, car il brûlait d'impatience de lui conter l'histoire du vieillard, et il jouissait d'avance du plaisir qu'il allait lui procurer. En effet, le comte écouta ce récit avec un attendrissement mêlé de joie; il serra dans ses bras l'aimable Eugénie, et, dès cet instant, il eut pour elle une espèce de vénération. Le lendemain, Eugénie et Léonce allèrent visiter le vieillard. Léonce lui annonça qu'il se chargerait du sort de deux de ses enfants, la jolie petite Simonette et son second frère. Simonette fut envoyée à Paris chez une lingère, et son frère, placé en apprentissage chez un menuisier. Le comte d'Amilly mit le comble au bonheur du vieillard en lui donnant une vache et un arpent de terre voisin de sa chaumière. L'heureuse mère d'Eugénie, madame de Palmène, qui revenait de la Touraine, reçut en route la lettre qui contenait tous ces détails.

Mes enfants, ce n'est pas encore à votre âge

qu'il est possible d'imaginer l'impresion qu'une semblable lettre peut produire sur le cœur d'une mère!... Enfin, la sensible et charmante Eugénie se retrouva dans les bras de madame de Palmène, qui ne quitta plus sa fille. Eugénie fit toujours les délices de sa mère, de son époux, de sa famille; elle trouva dans son cœur et dans l'estime publique la juste récompense de ses vertus et de sa conduite; et, pour mettre le comble à sa félicité, le ciel exauça les vœux du vieillard : elle eut des enfants dignes d'elle, qui lui firent goûter tout le bonheur qu'elle-même procurait à sa mère.

FIN

TABLE

———

FIN DE LA TABLE.

Limoges. — Imp. E. Ardant et Cie.

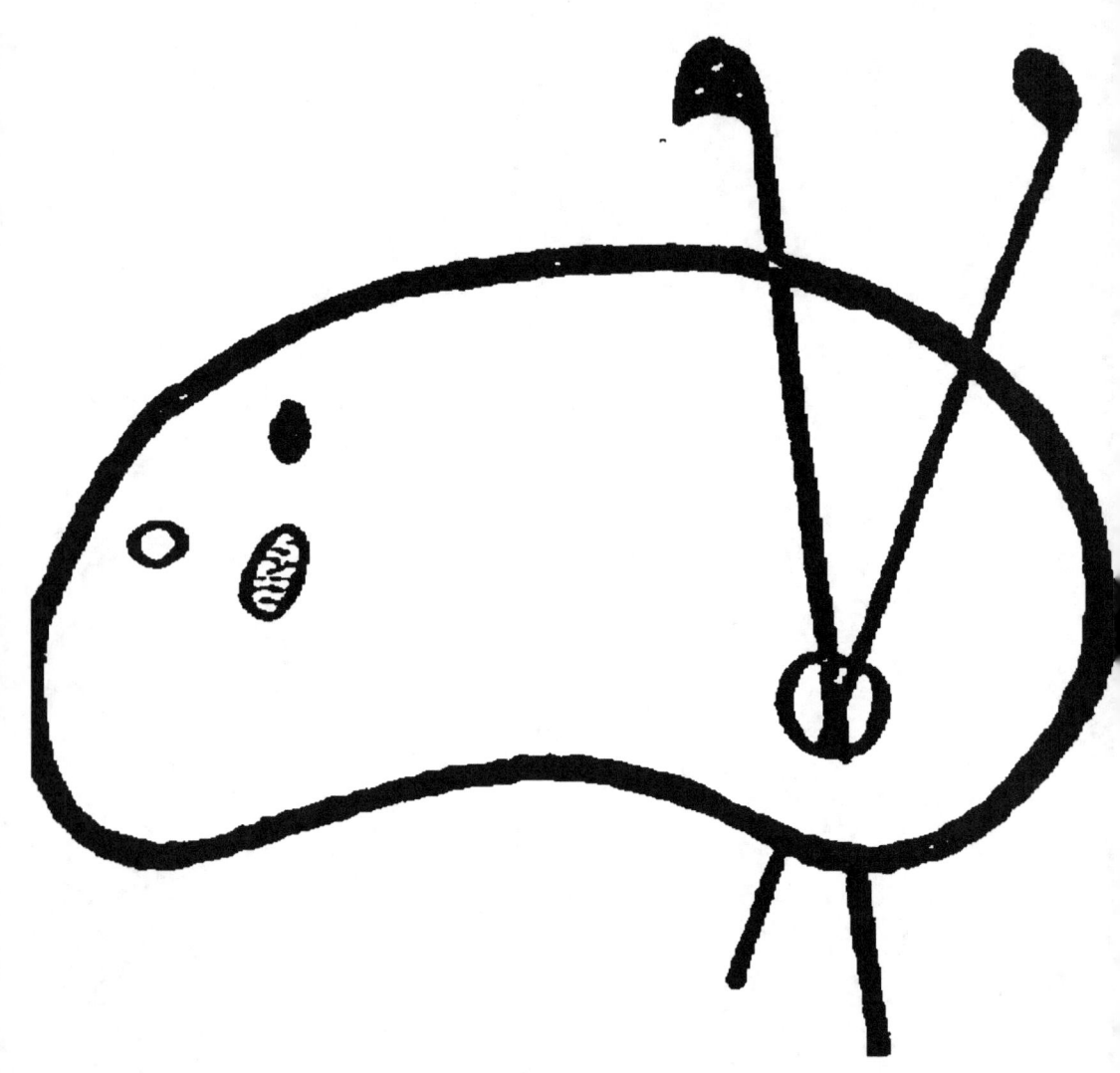

ORIGINAL EN COULEUR

www.ingramcontent.com/pod-product-compliance
Lightning Source LLC
Chambersburg PA
CBHW051130260626
47170CB00005B/1749